Karl von Perfall

Das Königsliebchen

Roman

(Großdruck)

Karl von Perfall: Das Königsliebchen. Roman (Großdruck)

Erstdruck: Berlin, Verlag von Albert Ahn, 1895

Neuausgabe
Herausgegeben von Theodor Borken
Berlin 2019

Der Text dieser Ausgabe wurde behutsam an die neue deutsche Rechtschreibung angepasst.

Umschlaggestaltung von Thomas Schultz-Overhage unter Verwendung des Bildes: Eduard Veith, Dame mit Hut, vor 1925

Gesetzt aus der Minion Pro, 16 pt, in lesefreundlichem Großdruck

ISBN 978-3-8478-3798-5

Die Deutsche Nationalbibliothek verzeichnet diese Publikation in der Deutschen Nationalbibliografie; detaillierte bibliografische Daten sind im Internet über www.dnb.de abrufbar.

Henricus Edition Deutsche Klassik UG (haftungsbeschränkt), Berlin
Herstellung: BoD – Books on Demand, Norderstedt

1.

Ein braunes Reisehütchen auf dem Kopf, das Gesicht gegen den schmutzenden Lokomotivrauch durch einen dichten, blauen Schleier geschützt, die nicht sehr große, hochbusige Gestalt mit einem grauen Reisemantel bedeckt, so saß Kitty Brettschneider in einem Damencoupé zweiter Klasse und ließ sich in langwieriger Fahrt von Wien nach Siebenburgen bringen. Zuweilen stand sie einer der in wechselnder Folge mitreisenden Damen zu kurzem Gespräche Rede, meist aber sah sie auf die Landschaft hinaus, die der Schnellzug durchraste. Auch diesmal konnte sie dem Reize einer solchen Fahrt in die weite Welt nicht widerstehen und fand sich von einer schönen gebirgigen Gegend, von dem Anblick einer Stadt, in die der Zug einfuhr, von dem lärmenden, bunt bewegten Treiben auf den großen Bahnhöfen unterhalten; sie war sogar kindisch genug, sich dessen zu freuen, dass sie bei längerem Aufenthalt im Strome der Mitreisenden das Restaurant betreten und ganz nach Laune, Herrin ihrer selbst, sich Speise und Trank bestellen durfte. Vor der Weiterreise wurden dann Naschereien gekauft, an denen sie, den Schleier gerade bis an die Nasenspitze lüftend, während des Fahrens knabbern konnte.

Sie war so jung, erst neunzehn, und hatte noch so wenig Freude im Leben gehabt! Auch jetzt mischten sich in das kindliche Reisevergnügen die Schatten banger Sorge störend ein. Voriges Jahr war sie gleich nach ihrem Abgang vom Konservatorium auch so in die Welt gefahren, nach dem Rhein, in ihr erstes Engagement als Sängerin. Vierzehn Tage später hatte sie den Weg zurück machen müssen, denn ihr war gekündigt worden, nachdem sie bei ihrem ersten Auftreten dem Publikum missfallen hatte. Ein anderes Engagement fand sich nicht mehr. Was hatte sie infolgedessen dulden müssen! Und jetzt konnte es ebenso, ja noch schlimmer gehen.

Das wäre aber nicht noch einmal zu ertragen gewesen. Nur nicht wieder nach Hause!

Was nannte sie »zu Hause«? Seit ihrem zehnten Lebensjahre hatte sie in der Familie des Onkels, eines städtischen Subalternbeamten in Wien, gelebt. Der Onkel war nicht so schlimm, wenn er nicht von der Tante aufgereizt wurde. Diese aber war von Anfang an böse gegen sie gewesen, weil sie nicht hatte leiden mögen, dass er das Kind seiner Schwester nach deren Tod zu sich nehme.

Die Mutter! – Recht deutlich und wie verklärt in einer sonnigen Erinnerung, sah sie die Tote vor sich. Mama war eine an Provinztheatern sehr beliebte Sängerin gewesen, und eine schöne, heitere Dame. Sie hatte viel gespielt, viel gelacht mit ihr und sie immer so innig geküsst! In Breslau, – die Stadt, diese und jene Schulgenossinnen und Lehrerinnen, die Wohnung, die sie innegehabt, Freundinnen, die bei Mama Kaffee tranken, das stand alles klar vor ihrem Gedächtnis – war es, wo die Mama innerhalb weniger Tage an einer Blutvergiftung starb.

Der Onkel war herbeigereist und hatte sie nach dem Begräbnis mitgenommen. Die unwirsche und überstrenge Tante, die bei dem geringsten Vergehen gleich züchtigte, wo Mama nie ernstlich, höchstens mit einem kleinen Klaps gerügt hatte, wurde desto böser, je hübscher, wie die Leute sagten, sie, und je unansehnlicher Cousine Resi wurde. Resi nicht nur, sondern auch Vetter Franz durften sich alles gegen sie erlauben, ohne gestraft zu werden, und sie wurde gezankt oder gar geschlagen, wenn sie sich zur Wehr setzte.

Da war es kein Wunder, dass sie unlustig zu allem, faul in der Schule und, wie die Tante sagte, eine Heimtückerin wurde. Sie fürchtete sich ja vor jedem Menschen, der sie laut ansprach. Sie wagte nicht zu lachen, jedem unwillkürlichen Ausbruch kindlichen Mutwillens drohte harte Strafe, sie hörte kein freundliches Wort, und wenn einmal Fremde sagten, dass sie hübsch sei, hatte sie hinterher boshafte Neckereien oder Sticheleien anzuhören. Nichts blieb ihr, als in heimlicher Stille an die vergangene Kindheit, an die tote Mutter zu denken. Das war ihr Einziges, und das tat sie auch den ganzen Tag. Darüber vergaß sie alles andere.

Als sie herangewachsen war, schickte man sie auf das Konservatorium. Sie hatte eigentlich keine besondere Lust, Sängerin zu werden, wie ihr eben alles gleichgültig war, und sah darin nur ein Mittel aus dem Hause der verhassten Verwandten zu kommen. Der Onkel betonte, welche Opfer man für sie bringe und wie dankbar sie dafür sein müsse. Die Tante kam aber im Laufe der Zeit mit einer ganz anderen Sprache heraus. Da war die Rede von der künftigen Komödiantin, von der »Theatergretl«, und eines Tages geschah das Schreckliche.

Ohne ihr Verschulden hatte sie wieder einmal mit Resi Zank bekommen, und diese rief ihre Mutter zu Hilfe. Die Tante wurde sehr zornig, als sie sich gegen Resis Entstellung der Wahrheit verteidigte, und sprach davon, dass ihr ja die Nichtsnutzigkeit im Blute stecke, dass sie es eben auch einmal machen werde, wie ihre Mutter. Resi aber sei ehrbarer Leute Kind. Auf ihre entrüstete Widerrede, Mama sei auch eine ehrbare Dame gewesen, traf sie, wie ein Blitzstrahl die mit Hohngelächter vermischte Eröffnung, dass sie das lebende Zeugnis der mütterlichen Sünde sei. Wohl kam es infolgedessen zu einer lebhaften häuslichen Szene zwischen Onkel und Tante, aber das verschlimmerte die Sache nur. Die Bitte des mit einem Schlage aufgeklärten Mädchens, ihr doch den Namen des Vaters zu nennen, wurde nur damit beantwortet, dass dies irgendein Offizier gewesen sei, dessen Namen man ihr aber aus triftigen Gründen vorenthalte.

»Ich bin dein Vormund und vertrete Vaterstelle an dir!«, sagte der Onkel. »Oder bist du vielleicht nicht zufrieden mit dem, was wir für dich tun und möchtest dich an diesen Vater wenden? Da könntest du sehr üble Erfahrungen machen, denn, wisse, es hat keiner eine sonderliche Freude an einem solchen Kinde.«

Das war hart, furchtbar hart. Die Tante aber, ärgerlich über den Verweis, den sie vom Onkel erhalten, warf ihr jetzt erst recht hinterrücks auf alle Weise und bei jeder Gelegenheit den Makel ihrer Herkunft vor, und Resi, das junge Ding, war schamlos genug, der Mutter Beispiel nachzuahmen. Die beiden behandelten sie, als ob sie schon eine Gefallene, ja eine Verworfene sei.

Als sie nun von dem verunglückten Engagement zurückkehrte, steigerte sich ihr Jammer noch, denn jetzt sah auch der Onkel in ihr nur eine ärgerliche Familienlast, Vetter Franz erlaubte sich grausamen Spott, die Tante und Resi aber, an die sie angekettet war, misshandelten sie nahezu vom Morgen bis zum Abend mit den verletzendsten Redensarten. Ja, sie, das erwachsene Mädchen, wurde bei verschiedenen Gelegenheiten von der Tante noch geohrfeigt!

Als der Agent ihr den Antrag nach Siebenburgen übermittelt hatte, schien der Onkel seltsamerweise keinen Gefallen daran zu finden, obwohl es sich doch um ein Hoftheater ersten Ranges und um die Aussicht einer dauernden Stellung handelte. Er sprach sich zwar nicht deutlich darüber aus, war aber ärgerlich, dass es gerade dieser Ort sein müsse und meinte, das sei noch wohl zu überlegen, und er könne nicht sofort seine Zustimmung geben. Es kam zu einer Unterredung zwischen Onkel und Tante, von deren Inhalt sie nichts erfuhr, und dann ging der Onkel nochmals selber zum Agenten. Nach einer zweiten Unterredung zwischen Onkel und Tante erhielt sie endlich die bang erwartete Zustimmung.

Ein recht kühler, mit dem Hinweis auf alles das, was man ihr an Wohltaten erwiesen habe und mit allerlei, wie an eine bösartige Sünderin gerichteten Ermahnungen verbundener Abschied war es gewesen, den man ihr auf den Weg gegeben hatte. Schlecht wollte sie nicht werden, schon aus Trotz gegen diese Verwandten nicht, die dies in den letzten zwei Jahren ihr so oft als rein selbstverständliche Zukunft in den kränkendsten Redensarten prophezeit hatten; dann aber auch aus einem noch viel gewichtigeren Grunde nicht.

Die verstorbene Mama konnte nicht schlecht gewesen sein. Jener böse Offizier, von dem der Onkel meinte, sie würde ihm als Tochter nur lästig sein, hatte sie eben verführt. Sie aber war durch ihr eigenes Dasein gewarnt. Dagegen war es so ein Traum, an den sie selber nicht ernstlich glaubte, mit dem es sich aber angenehm tändelte, dass sie hübsch, wie sie einmal war, wohl auch, wie so manche Künstlerin, Gräfin oder Baronin werden könnte.

Zur Nachtzeit traf sie in dem ihr vom Agenten bezeichneten Hotel in Siebenburgen ein. Am anderen Vormittag stellte sie sich dem Intendanten vor, der sehr höflich mit ihr war. Er ließ den Kapellmeister rufen, und sie musste zum Klavier einige Arien singen. Es wurde ihr zwar weiter nichts über den Eindruck dieser Leistung auf die beiden Herren gesagt, aber diese konnten doch nicht unzufrieden gewesen sein, da sie sogleich für den nächsten Tag auf die Bühnenprobe bestellt wurde, um die Rolle des Ännchen im Freischütz zu übernehmen.

Es war ein sonniger Septembertag, und sie nahm nach dem Mittagessen gern die Einladung der Hotelwirtin, einer recht liebenswürdigen jungen Frau an, sich von ihr auf einer Spazierfahrt die Stadt zeigen zu lassen.

Das Hotel Viktoria, in dem sie wohnte, lag auf dem großen Chlodwigsplatz, in dessen Mitte auf figurenreichem Sockel die Reiterstatue des vorigen Königs, Chlodwig III., hoch aufragte. Im Rücken der Statue stand das Hoftheater mit seiner Säulenhalle, die einen antiken Giebel mit gemeißelten Reliefs und eine goldene Apollofigur auf dessen Spitze trug. Über dem Bühnenraum wölbte sich, den Vordergiebel überragend, eine weite Kuppel, die in einer goldenen Krone ausmündete. Das mächtige Gebäude schimmerte schneeweiß. Auf der dem Hotel gegenüberliegenden Seite des Platzes standen drei große Paläste von reicher Bauart. Das waren, wie die Wirtin ihr erklärt hatte, rechts die russische Botschaft, links das Palais des Fürsten Treviso und in der Mitte der Palast, in dem Prinzessin Klara, die Witwe des vor zwei Jahren gestorbenen Prinzen Siegmund, des Bruders des regierenden Königs, mit ihren drei kleinen Kindern wohnte. Das Hotel Viktoria war auf der einen Seite dicht an den langgestreckten, vier Stockwerke hohen Chlodwigshof angebaut, auf der anderen bildete es die Ecke einer ziemlich schmalen Seitenstraße, an deren jenseitiger Ecke sich das Café Siegmund befand. Gegen das Theater zu reihten sich daran noch einige elegante Cafés, eine Konditorei und eine große Bierhalle. Diese Häuser waren alle sehr reich in ihren Fronten ausgestattet und die vier Stockwerke hoch mit schmiedeeisernen Balkonen geschmückt. Auf dem Platze herrschte ein reger großstädtischer Verkehr. Pferdebahn- und Omnibuslinien hatten hier einen Hauptkreuzungspunkt, die Droschken standen in langen Reihen auf zwei Haltestellen, und es bot sich unausgesetzt das bunt bewegte Bild hin und her jagender Fuhrwerke aller Art und dazwischen sich gewandt hindurchwindender Fußgänger, die dann in die raschen Schrittes auf und nieder wogende Menge auf den Bürgersteigen untertauchten.

Die Droschke, die Kitty mit der eleganten Hotelbesitzerin bestieg, wandte sich auf deren Geheiß einer Brücke zu, die da, wo der Chlodwigsplatz von steiler steinerner Schutzwehr gegen den Strom abgeschlossen wurde, nach dem jenseitigen Stadtteile führte. Wie Frau Kern, Kittys Begleiterin, erklärte, hieß jener Stadtteil seit alter Zeit die Herrenseite, im Gegensatze zur diesseitigen Bürgerseite. Ein gar prächtiges Bild bot sich auf der langsamen Fahrt über die langgestreckte Brücke, auf deren breitem Fahrdamm elegante Equipagen aller Art, Reiter, Droschken, Omnibusse in vierfacher Reihe einherzogen, während auf den durch eiserne Schranken gesonderten Fußpfaden zu beiden Seiten sich die Menschenmenge nur langsam vorwärts bewegen konnte. Von ihrem Wagen aus sah

Kitty über die hohe Brüstung und zwischen den dreifache Kande-
laber haltenden, nackten, oder nur leicht drapierten, ehernen
Frauengestalten hindurch den Strom, auf dem große und kleine
Dampfer und Ruderboote neben Lastkähnen bald feierlich langsam,
bald pfeilgeschwind fuhren und mit ihren Schiffskörpern, Schloten,
Segeln, Masten und Wimpeln den grünblauen Wasserspiegel
buntfleckig belebten. Der Rauch eines Schlotes bildete da und dort
zwischen dem Wasser und dem blauen Himmel einen langen
schwarzgrauen Streifen. An das Ohr klang neben dem gellenden
Ruf der Sirenen, Glockengeläute durch das Gerassel der Fuhrwerke
hindurch. Als ihr Blick von dem Flussbild sich dem grade vor ihr
liegenden jenseitigen Ufer zuwandte, sah sie auf breitem Höhen-
kamm ein in der Mitte dichteres, zu beiden Seiten immer mehr
von grünen Anlagen durchbrochenes, hellschimmerndes Häuser-
meer, aus dem einige größere Paläste neben mannigfach geformten
Kuppeln und Türmen besonders hervortraten. Hoch oben aber
breitete sich der Königspalast, die ganze Stadt beherrschend, aus.
Das »hohe Schloss« nannte man, wie Frau Kern sagte, den Königs-
sitz, der weißleuchtend aus zwei mit hohen Säulen geschmückten
Hauptteilen bestand, die wie antike Tempel aussahen, und einem
im Halbrund sich vorbauenden Mittelstück mit einer goldenen
Kuppel, auf deren Höhe die Königsstandarte flatterte. Eine tief
leuchtende Nachmittagssonne tauchte den ganzen Höhenzug mit
seinen Häusern und Gärten in rötliches Licht, dass die Fenster da
und dort, wie Feuer funkelten und blinkten und die Kuppel des
Schlosses heiß erglühte. An Palästen und prunkenden Verkaufsma-
gazinen vorbei ging die Fahrt in elegante Villenstraßen mit Vorgär-
ten und palmengeschmückten Glashallen an den bald reizend
zierlichen, bald vornehm großartigen Häusern.

Auch in diesen Straßen herrschte jetzt reiches Leben, das namentlich von Equipagen und Reitern gekennzeichnet wurde. Der Weg
führte hier nach der »Königsau«, der großen Parkanlage, in der

um diese Stunde die vornehme Welt ihre Spazierfahrten zu machen Pflegte.

Frau Kern sprach, an den Anblick des Schlosses anknüpfend, von König Lothar, seiner Beliebtheit im Volke, seiner schönen Erscheinung und, auf eine Zwischenfrage Kittys, von der Königin, die zwar schön, aber ihres Stolzes wegen unbeliebt sei. Daran fügte sich leicht die Erzählung von der früheren Schauspielerin Waldeyer, die mehrere Jahre lang des Königs einflussreiche Geliebte gewesen, schließlich aber durch Eifersucht ihren Sturz selber herbeigeführt habe. Sie habe sich auf der Bühne, im Zwischenakt einer Vorstellung, zu einer leidenschaftlichen Szene mit einer Tänzerin, die sie beargwöhnte, hinreißen lassen. Grundlos sei der Argwohn allerdings nicht gewesen, denn König Lothar sei für weiblichen Reiz gar sehr empfänglich. Zwei Jahre waren seit dem Sturz der Waldeyer verstrichen. Der König hatte inzwischen manche Dame, namentlich des Hoftheaters, mit seiner Gunst ausgezeichnet, keine aber hatte ihn dauernd zu fesseln vermocht.

Kitty hörte der Begleiterin, die sich in diesem Gespräch sehr zu gefallen schien und von den galanten Abenteuern des Königs auch auf andere pikante Kulissengeschichten überging, schweigend und mehrmals unter Unbehagen errötend zu. Sie suchte abzulenken, indem sie bald dieser Equipage, bald jener besonders eleganten Insassin einer solchen ihre Aufmerksamkeit zuwandte, aber Frau Kern nahm daraus nur den Anlass ihre Skandallust nach allen Richtungen schweifen zu lassen und allen möglichen Stadtklatsch auszukramen.

Man kam endlich auf einen großen freien Platz, auf dem sich ein Riesendenkmal aus Erz erhob. Ein germanischer Reiter mit langem Lockenhaar unter dem Flügelhelm, schwang die Streitaxt auf wild sich bäumendem Ross, das eine schräge Felsplatte hinanzusprengen schien. Vier Walküren ritten jauchzend und die Speere in die Lust hebend an den vier Sockelkanten. Das war, so erklärte kurz Frau Kern, das Denkmal Grimoalds, des Ahnherrn der Dynastie. Durch einen hohen steinernen Torbogen, mit Trophäen und dem Königswappen geschmückt ging es in eine lange Allee, die von Equipagen und Reitern dicht belebt war. Als ein eleganter Herr mit großem blonden Schnurrbart, ein Tandemgespann lenkend, an ihnen vorüberfuhr, machte Frau Kern Kitty darauf aufmerksam, dass dies der Hofmarschall, Graf Lanzendorf, sei. Bald daraus überholte sie ein Spitzreiter in grün-goldener Livree, und gleich darauf kam der Viererzug der Königin. Kitty machte es viel Spaß, dass die noch junge und sehr schöne Königin, die nach rechts und links winkend, ganz dicht an ihnen vorbeikam, ihre tiefe Verneigung mit einem, wenn auch flüchtigen, doch besonders aufmerksamen Blick erwiderte.

Von der Allee bog man schließlich ab und durchfuhr verschiedene Parkpfade an einem Wasserfall, einem größeren Schwanenteiche, dann an einem Tempelchen mit einer Amorstatue inmitten der runden Säulenhalle vorüber. Einen großen Platz, auf dem zwei Springbrunnen hohe Wassersäulen emporschleuderten, im Halbrund umfahrend, kam man aus der Königsau wieder an den Strom, den man jetzt auf einer eisernen Brücke überfuhr, die etwas weniger belebt war, als die große steinerne Chlodwigsbrücke, die in ziemlicher Entfernung zur Linken sichtbar war. Durch die Altstadt und ihre mit Firmenschildern dicht bedeckten, in jedem Erdgeschosse Läden oder Gastwirtschaften enthaltenden Geschäftsstraßen, über den altertümlichen Markt und am schwarzgrauen Dom vorüber, ging es nach dem neuen Viertel und dem großen Platze mit den prachtvollen Neubauten der Universität, der Gemäldegalerie, der Bibliothek und den im Entstehen begriffenen, von einem Gewirr sich kreuzender und schneidender Gerüstbalken umgebenen Bauwerken der Kunstakademie und des vaterländischen Museums. Durch einige Straßen mit schön gebauten Mietshäusern lenkte der Kutscher das Gefährt nach der Lotharstraße, der großen, in der

Mitte von einer Parkanlage, zu beiden Seiten von Geschäften mit reichen Auslagen und eleganten Cafés geschmückten Avenue, die kerzengrade nach dem Hoftheater und dem Chlodwigsplatz führte.

Frau Kern entließ den Kutscher vor einer Konditorei am Beginn der Avenue. Nach einem Imbiss, der längere Zeit in Anspruch nahm, ging man zu Fuß durch das fesselnde Abendgetriebe der Lotharstraße, die in reicher elektrischer Beleuchtung strahlte und besah sich die prächtigen Auslagen der Juweliere und der Modewarengeschäfte.

Kitty war sehr vergnügt. Das Unbehagen, das sie zu Beginn der Spazierfahrt über Frau Kerns Gesprächsstoffe empfunden hatte, war längst verschwunden. Es war eine liebenswürdige Frau, die es gut mit ihr meinte und sich als wohlmeinende Freundin aufbot, wenn, was nicht ausbleiben werde, ihre unerfahrene Jugend des besseren Rates bedürfe. Siebenburgen sei eine gar leichtfertige Stadt, in der ein alleinstehendes, so hübsches Mädchen leicht zu Schaden kommen könne. Dass Siebenburgen, obwohl es nicht so groß war als Wien, wirklich eine leichtfertige Stadt sein müsse, schloss Kitty aus den zahlreichen, auffallend geputzten, langsam daherschlendernden Damen, denen sie in der Lotharstraße begegneten und deren Art sie, die junge Wienerin, auch ohne Frau Kerns Andeutungen erraten hätte. Die Frau schien einmal heikle Gesprächsgegenstände zu lieben. Das war aber noch nichts Schlimmes. Es war ihr nur neu und brachte sie in Verlegenheit.

Das erste Auftreten Kittys als Ännchen im Freischütz, war von keinem sonderlichen Erfolge begleitet. Das Publikum hatte ihr zwar nicht unfreundlich geschienen, und auch Frau Kern, die der Vorstellung beiwohnte, meinte, es sei ja alles ganz gut gegangen und sie habe »wirklich entzückend« ausgesehen. Aber der Intendant und der Kapellmeister waren sehr kühl in ihrem Verhalten gegen sie und auch verschiedene Mienen der Mitglieder erweckten ihr banges Misstrauen. Am anderen Tage nahm sie angstvoll die Zeitungen zur Hand und über das, was sie da las, brachte sie die Meinung der Frau Kern, daraus sei nichts zu geben, doch nicht hinweg. Es war die Rede von einer völlig unreifen Anfängerin, von unbedeutender, wenn auch nicht übler Stimme, ungelenkem Spiel und die mildeste Beurteilung sprach nur von möglicher: Entwicklung. Freilich erwähnten sie alle ihr Äußeres in auffälliger Weise. »Allerliebstes Krausköpfchen«, »pikante Erscheinung«, »anmutende Jugendlichkeit«, hieß es. Die abfälligste Besprechung meinte, das Publikum habe sich anscheinend durch die hübsche Erscheinung bestechen lassen und daran war die Bemerkung geknüpft: »Handelte es sich nur darum, für unsere Hofbühne einen sogenannten ›netten Käfer‹ als Augenweide gewisser Kunstkenner zu gewinnen, dann wäre das Engagement dieser Dame vielleicht zu empfehlen.«

Als zweite Rolle sang Kitty den Pagen in den Hugenotten. Von der Garderobe war ihr ein Kostüm, das sie nach Meinung der Ankleidefrau ganz reizend kleidete, geliefert worden. Ihre Befangenheit wurde aber nur gesteigert durch das bange Unbehagen, das sie darüber empfand, so in kurzen spanischen Höschen und seidenen Trikots vor das Publikum treten zu müssen. Dazu hörte sie unmittelbar vor ihrem Austreten, der König wohne der Vorstellung in der Parterreloge des Prosceniums bei. Sie erntete sehr lebhaften Beifall, obwohl sie ihre große Arie nur mechanisch gesungen hatte. Alles drehte sich vor ihr im Kreise; sie fühlte sich wie gelähmt, weil sie die peinliche Empfindung hatte, das Publikum besehe immerwährend ihre Beine, die ihr wie nackt blinkten, so dass sie daran fror und leise zitterte. Da, als sie wieder glücklich hinter der Szene war und durch das Gewirr der Balletteusen hindurch nach ihrer Garderobe zu kommen suchte, hieß es: »Majestät ist auf der Bühne!«

Der Regisseur kam eilig heran und, sie am Arme fassend, raunte er ihr barsch zu: »Stehen bleiben! Nicht in die Garderobe!« Sie sah auch, dass alles erwartungsvoll herumstand. Alsbald kam, vom In-

13

tendanten und einem Offizier geleitet, ein großer, starker Herr in dunkler Zivilkleidung mit pechschwarzem Vollbart und großen, schwarzen Augen heran. Er nickte den scheu zurückweichenden, knicksenden oder sich tief verneigenden Leuten leicht mit dem Kopf zu, der ersten Tänzerin reichte er lächelnd die Hand und sagte ihr etwas, was Kitty nicht hören konnte, worauf diese auch lächelte und wieder einen tiefen Knicks machte. Dann unterhielt er sich eine Weile mit der Koloratursängerin. Der Intendant nahm an den Gesprächen teil, während der Offizier weiter zurück mit einigen Tänzerinnen zu scherzen schien.

Jetzt kam der König zu ihr heran. Der Intendant stellte sie vor. Sie sah nur einen riesig großen Mann, dem sie nicht einmal an die Schulter reichte, ein funkelndes Augenpaar, das über ihre Gestalt herabglitt und einen lächelnden Mund zwischen dem dunklen Barte und berührte ganz leise die Hand, die sich ihr entgegenstreckte. Sie verspürte ein kräftiges Schütteln und hörte: »Allerliebst, wirklich allerliebst, Fräulein!« Der König fragte nach ihrer Heimat, nach ihrem Alter, wie es ihr in Siebenburgen gefalle, wie lange sie schon in der Stadt sei, und während sie der gepressten Kehle knappe Antworten entrang, glitten diese Augen, die nicht böse waren, aber doch in der Glut, mit der sie unter der hohen Stirne ans tiefen Höhlen hervorleuchteten, sie beängstigten, immer an ihrer Gestalt auf und nieder.

»Auf Wiedersehen, Fräulein Rita!«, sagte der König endlich, drückte nochmals ihre Hand und nickte ihr lächelnd zu. Den Namen Rita hatte Kitty für die Bühne angenommen. Dann verließ er wieder unter allseitigem Knicksen und Verbeugen die Bühne. Noch am selben Abend teilte ihr der Intendant mit, der König habe sich sehr anerkennend über sie ausgesprochen und zugleich verabredete er mit ihr, dass ihre nächste Rolle statt einer bisher bestimmt gewesenen anderen, der Cherubim in Figaros Hochzeit sein solle.

Am folgenden Tage lauteten die Zeitungsurteile ungünstiger als das erste Mal. Man warf ihr völligen Mangel an Bühnenroutine und Detonieren vor, Mängel, die doch durch äußere Reize der Jugend nicht ersetzt werden könnten, und jener böse Kritiker, der das erste Mal den hässlichen Ausdruck von »nettem Käfer« gebraucht hatte, schrieb jetzt:

»Fräulein Rita hat uns gestern zwar gezeigt, dass sie schöne Beine hat, aber damit noch immer nicht bewiesen, dass sie eine brauchbare Sängerin ist. Vielmehr diente ihr zweites Auftreten eher dazu, erkennbar zu machen, dass die Natur sie zwar sonst sehr reich ausgestattet hat, mit den Stimmitteln aber allzu sparsam gewesen ist. Von Kunst ist bei dieser Leistung überhaupt nicht die Rede.«

Trotzdem stillte Frau Kern ihre Tränen mit der Behauptung, das Publikum sei entzückt von ihr gewesen und verstärkte in den nächsten Tagen ihre Behauptung noch dahin, in der ganzen Stadt rede man von ihr. Das war auch der Fall.

Kitty wusste, dass sie hübsch war, hatte aber keine Ahnung von der Eigenart ihres Reizes, die auch außerhalb der Bühne die Aufmerksamkeit auf sie lenkte. Mund, Nase, Ohren, die weichgeschwungene Umrisslinie der vollen Bäckchen, das war alles von puppenhafter Zierlichkeit. Das in einem dichten Walde natürlicher Ringelchen sich über den ganzen Kopf kräuselnde, strohfarbene Blondhaar vermehrte noch den Puppencharakter, der endlich die höchste Steigerung durch die vergissmeinnichtblauen Augen erfuhr, die ganz starr und immer weitgeöffnet in die Welt sahen. Da nun zugleich der Körper gar nicht dem kinderhaften Kopfe entsprechend zart war, sondern die Reize des reifen Weibes sehr kräftig betonte, entstand eine in dem Pagenkostüm der Bühne noch verschärfte Wirkung, die nicht nur auf Männer, sondern auch auf Frauen einen prickelnden sensuellen Reiz übte. Das war allerliebst und hatte einen seltsamen Stich ins Unheimliche. War das eine Kinderseele in einem

Weibeskörper oder war es eine jener fabelhaften Wassernixen, die wundersam gebildeten Leibes keine Seele haben? Man wurde von dem Anblick gefesselt, man hatte eine Bezeichnung auf den Lippen und wusste nicht welche, man ahnte und wusste nicht was. Die Frauen sprachen lächelnd von dem reizenden Geschöpfe und sahen sich scheu fragend an. So war sehr viel von ihr in der Stadt die Rede, und zwar hatten die ernsten Kunstkenner oft große Mühe ihre »pedantische« Kritik der mangelhaften Leistungen gegen diese eigenartige Wirkung ihres Äußeren zu verteidigen. Kitty selbst konnte im Theater bemerken, dass nicht nur die Herren sie eifrig umringten, so dass sie aus dem Erröten nicht mehr herauskam, sondern dass auch die Damen ihr mit lächelndem Wohlwollen begegneten.

Ihr Auftreten als Cherubim fiel, wie sie selber nur zu deutlich empfand, kläglich aus. Zwar wurde wieder applaudiert, aber auch gründlich dagegen gezischt. Der König kam wieder auf die Bühne, sprach wieder mit ihr und sah sie wieder mit seinen dunklen Augen von Kopf bis zu Fuß an. Am Schlusse der Vorstellung sagte ihr der Intendant überraschend höflich, eigentlich sei mit ihrem drei-maligen Auftreten die Probe abgeschlossen und sollte nun üblicher-weise über ihr etwaiges Verbleiben entschieden werden, die Majestät habe aber befohlen, die Entscheidung bis nach einem vierten Auf-treten, zu verschieben. Über die zu wählende Rolle werde er sich noch weiter mit ihr benehmen.

»Für den Cherubim war's doch noch ein bisschen zu früh!«, sagte er lächelnd, streichelte ihr das Kinn und fuhr fort: »Deshalb wollen wir den Mut noch nicht verlieren. Nicht wahr? Und jetzt gönnen wir Ihnen ein paar Tage Ruhe.«

Dann sah er sie scharf, wie nachdenklich prüfend, an, während er zugleich weiterging.

Die Kritiken des folgenden Tages sprachen ihr einstimmig das künstlerische Todesurteil. Es hieß u. a., ein solches verbrecherisches

Attentat auf Mozart sei auf einer Hofbühne wohl noch nicht dagewesen, sie habe eine Unfähigkeit gezeigt, die jeden Gedanken an Anstellung völlig ausschließe und jener abscheulich witzelnde Kritiker schrieb: »Fräulein Rita suchte uns zwar noch durch eine weitere Höschenrolle zu ködern, aber die Sache fiel noch schlimmer aus als in den Hugenotten. Wir sind keine Asketen, aber was in der ›Alhambra‹ oder in den ›Marmorsälen‹ uns sehr dankbar fände, kann doch im Hoftheater und in einer Mozartschen Oper nicht für eine geradezu hervorragende künstlerische Unfähigkeit Ersatz bieten.«

Nach solchen Kritiken war ja ein weiteres Auftreten ganz unmöglich! Sie durfte sich gar nicht mehr vor das Publikum wagen. Und jetzt wieder zurück zu den Verwandten, in das alte, nein, in ein vermehrtes Elend! Der Gedanke daran trieb ihr schier den Angstschweiß aus die Stirne. Sie konnte sich nicht vorstellen, wie sie es fertigbrächte, die Wohnung zu betreten. Je mehr sie den peinvollen Gedanken erwog, desto deutlicher wurde ihr, dass davon nie und nimmer die Rede sein konnte. Einen Augenblick kam ihr aus der abscheulichen Bemerkung jenes Kritikers von »Alhambra« und »Marmorsälen«, worunter sicherlich Singspielhallen zu verstehen waren, etwas wie ein Rettungswink. Alles, alles war ja besser als die Rückkehr zu den Verwandten. Aber dann fasste sie doch wieder ein Grauen vor etwas so Gemeinem, vor dem Zukunftsbilde von Stufe zu Stufe sinkender Verkommenheit, wie sie sich eine solche Laufbahn in den Singspielhallen vorstellte. Sie sollten nicht recht behalten mit ihren abscheulichen Prophezeiungen, die herzlosen Quäler, und der Mutter schönes Bild trat ihr vor die Seele. Ihre Tochter eine solche Person, die vor rauchenden und zechenden Männern in einer Kleidung, wie sie es schon auf ausgestellten Fotografien gesehen hatte, unanständige Lieder sang! Das durfte sie der Toten nicht antun. Aber was, was dann? Zu Mittag hatte sie keinen Bissen genießen können. Frau Kern, die sonst jeden Tag zu ihr auf das Zimmer gekommen war, ließ sich jetzt nicht mehr sehen.

So lag sie des Nachmittags auf dem Sofa und weinte, weinte immerzu, bis es einmal klopfte. Sie trocknete die benässten, hochgeröteten Wangen, die aufgeschwollenen Augenränder, so gut es eben ging und aus ihren Anruf betrat ein hochgewachsener Herr, mit einem glatt rasierten, bräunlichen Gesicht, in eleganter dunkler Kleidung das Zimmer. Der noch nicht alte Mann, der tote ein Schauspieler aussah und ein in weißes Seidenpapier eingeschlagenes Paket trug, stellte sich unter tiefer, sehr elastischer Verbeugung der mit scheuer Frage ihn anblickenden Kitty vor:

»Mein Name ist Bachmann, Leibkammerdiener Seiner Majestät des Königs. Ich habe den allerhöchsten Befehl, dies dem gnädigen Fräulein zu überreichen.«

Damit entfernte er das Seidenpapier von seinem Paket und reichte ihr ein Schmucketui aus rotem Leder entgegen. Sie nahm es mit unsicherer Hand, und als sie es öffnete, blitzte ihr auf hellblauem Samt ein mit Edelsteinen reich geschmückter Armreif entgegen, der ihr überaus kostbar schien.

»Dies mir – der König?«, stammelte sie, den königlichen Boten groß anstarrend.

»Von Seiner Majestät!«, antwortete der Kammerdiener mit einer erneuten Verneigung und setzte hinzu:

»Seine Majestät wünschen außerdem mit dem gnädigen Fräulein heute Abend neun Uhr eine Tasse Tee zu trinken.«

Die Vergissmeinnichtaugen erweiterten sich noch mehr. Der frohe Gedanke dämmerte in ihr auf, dass, wenn der König ihr so wohlgesinnt sei, sie nichts mehr zu fürchten habe. Er wurde aber alsbald wieder von einem dunklen Bangen verdrängt, das die Mundwinkel in leisen Zuckungen bewegte, ehe sie die Worte fand:

»Mein Gott, da muss ich also singen und ich bin nicht wohl, wirklich nicht wohl ...«

Der Leibkammerdiener lächelte kaum merkliche ganz diskret, als er das angsterfüllte Gesicht sah und antwortete:

»Majestät würden mit Bedauern hören, dass das gnädige Fräulein sich nicht wohl befindet. Aber ich erlaube mir zu bemerken, dass Gesang kaum verlangt werden dürfte.«

»Fräulein werden ganz allein mit Seiner Majestät den Tee nehmen!«, setzte er dann etwas gedämpfter und langsam betont hinzu.

Dabei senkte er die Augenlider.

»Nicht singen? Allein … Ja, was habe ich denn da zu tun? Was will der König denn von mir?«, fragte Kitty mit stockender, immer leiserer Stimme.

»Majestät geben Ihnen Gelegenheit, sich für das Geschenk zu bedanken«, lautete die sanft feierliche Antwort.

»Ach so!«

Eine kurze Pause entstand. Dann nahm der Leibkammerdiener das Wort:

»Gnädiges Fräulein haben das allerhöchste Interesse erregt. Das Engagement des Fräuleins dürfte unter diesen Umständen wohl sicher sein. Aber unser allergnädigster Herr ändert in solchen Fällen auch sehr oft seine Entschließungen plötzlich, wenn sich andere Einflüsse geltend machen oder wenn sich die günstige Stimmung des Augenblickes wieder verflüchtigt. Sollte also das Unwohlsein sich nicht allzu beschwerlich fühlbar machen, dann möchte ich mir den ergebensten Rat erlauben, ein solches Zeichen allerhöchster Gnade nicht zu unterschätzen.«

»Nein, nein! Das tue ich gewiss nicht!«, sagte Kitty in einem ängstlichen Ton. »Ich meinte nur … Gewiss, ich werde kommen!«

»Meine Frau wird das gnädige Fräulein mit der Equipage abholen und gegen acht Uhr hier sein, um noch etwas bei der Toilette zu helfen«, sagte jetzt der Leibkammerdiener.

Ehe Kitty, der es wirblig im Kopfe wurde, etwas erwidern konnte, war er schon unter einem tiefen Bückling verschwunden.

Noch hatte sich das bängliche Gewirr in ihrem Gehirn, das beklemmende Gefühl, als werde sie wider ihren Willen und ohne sich befreien zu können nach irgendeinem unheimlichen Unbekannten gestoßen, nicht geklärt, als Frau Kern kam. Der Portier, der den Leibkammerdiener von Ansehen kannte, hatte die Kunde von dessen Anwesenheit bei Fräulein Rita sofort verbreitet. Frau Kern bewunderte das Armband mit lautem Entzücken.

»Aber was machen Sie für ein sonderbares Gesicht, Fräulein?«, sagte sie dann. »Gerade, als ob Sie sich gar nicht sonderlich über ein so kostbares Geschenk freuten!«

Kitty ließ das Mündchen ein wenig spielen und sagte dann stockend: »Ach, liebe Frau Kern! Sie wissen ja diese Hofsachen, Sie haben mir auf der Spazierfahrt letzthin so viel davon erzählt. Denken Sie sich, ich bin sogar heute Abend beim König eingeladen, ganz allein. Dieser Herr Kammerdiener hat das so gesagt, dass ich mich gar nicht zu weigern wagte, und ich habe jetzt solche Angst. Um acht Uhr holt mich die Frau Kammerdiener ab. Ich weiß mir nicht zu helfen. Was bedeutet das? Wie kommt der König dazu? Geschieht denn das öfter und ist es so Sitte?«

Frau Kern bekam einen sehr roten Kopf und unterbrach, den auf sie gerichteten starren Blauaugen ausweichend, die Sängerin mit den unsicher tastenden Worten:

»Ja, liebes Fräulein! Bei uns Bürgersleuten kommt so etwas natürlich nicht vor. Künstlerinnen, das ist etwas ganz anderes! Ich kann da gar nichts sagen. Ist jedenfalls eine große Auszeichnung; die Frau Leibkammerdiener, die wird schon Bescheid wissen. Ich kann wirklich mit dem besten Willen keinen Aufschluss geben, wie so etwas ist. Da haben Sie wohl noch viel herzurichten, und ich will nicht weiter stören!«

Eilig entfernte sie sich. Unten im kleinen Comptoir sagte sie zu dem Gatten:

»S' ist natürlich so! Um achte kommt die Frau Leibkammerdiener und führt ihm das Lämmchen zu.«

Herr Kern gehörte in seiner politischen Überzeugung der radikalen Oppositionspartei an. Er schlug geräuschvoll mit der flachen Hand auf das Kassenbuch und polterte:

»S' ist doch stark! Dieses Hofgeschmeiß!«

»Na, hab' dich nicht so!«, meinte seine schöne Frau. »Eine gottlose Wirtschaft ist's freilich, und ich möchte die Sünde nicht auf dem Gewissen haben. Wir haben mit dem Handel nichts zu schaffen. Aber aufpassen sollen wir, was vorgeht. Ehe sie das Geld anderswo los wird, können wir das Geschäft machen.«

»Wie meinst du das?«, fragte der Gatte mit einiger Spannung.

»Na, wenn sie hier wohnen bliebe …«

»Die wird bald eine Stadtwohnung haben.«

»Das fragt sich eben, ob wir's nicht machen könnten.«

Herr Kern sann nach und – murmelte dann überlegend vor sich hin:

»Das Appartement in der ersten Etage wäre so was; hat freilich nur ein Fenster auf den Platz.«

»Das Logis findet sich schon!«, meinte die Frau. »Das meiste stecke darin, was an den täglichen Bedürfnissen einer solchen Dame verdient wird.«

Indessen war sich Kitty durch das Verhalten der Frau Kern über die Sachlage ziemlich klar geworden. Ihr dunkles Angstgefühl hatte aus deren scheu ausweichendem Verhalten eine entsetzliche Gewissheit entnommen.

Sie wusste jetzt ganz klar, um was es sich handelte, und die Frau Kammerdiener konnte wieder allein zurückfahren. Das Armband mochte sie dann mitnehmen. Ein König konnte nie und nimmer ihre Anstellung von derartigem abhängig machen. Wenn es aber doch so war? … Dann – die Singspielhalle? Das war nichts Besseres, viel abscheulicher noch. Das Wasser! Ja, das blieb noch! In der

Singspielhalle verkommen, von den Verwandten sich quälen lassen, ins Wasser gehen oder – zum König, zwischen vier Dingen hatte sie die Wahl, die alle vier schrecklich waren. Sie wollte um Hilfe rufen, den sausenden, wirbelnden Kopf sich an der Wand einstoßen, sie wand sich unter dem Zwange unsichtbar sie schnürender Fesseln. »Mama, liebe Mama, hilf mir!«, stöhnte sie unter Händeringen, nach der Zimmerdecke aufschauend. Sie war so jung, hatte noch so gar nichts vom Leben gehabt! Freiwilligen Tod konnte man doch nicht von ihr verlangen? Das war ja das Allergräulichste, vor dem Sterben hatte sie eine zu entsetzliche Angst! Sie kauerte sich, das Gesicht gegen die Wand, auf dem Sofa zusammen, wie ein furchtsames Kind, das die Mutter allein in der Wohnung gelassen hat. Wie ein schwarzer Schatten erschien auf ihr »Herein!« eine Dame im Rahmen der sich öffnenden Tür.

»Bachmann ist mein Name!«, hauchte sie mit sanfter Freundlichkeit ins dunkle Zimmer hinein. »Mein Mann schickt mich.«

»Jawohl, jawohl! Ich weiß! Entschuldigen Sie, ich will nur Licht machen!«, sagte Kitty mit hastender Stimme.

Bei Licht zeigte sich Frau Bachmann als eine geschmackvoll einfach gekleidete, schlanke junge Frau von sehr einnehmendem Äußern.

»Fräulein waren unwohl?«, begann sie ein Gespräch. »Es geht doch hoffentlich besser?«

»Ich danke, es geht!«, erwiderte Kitty gepresst. Dann stürzte sie plötzlich auf Frau Bachmann zu und sagte, deren Schulter fassend:

»Mir ist so bange! Liebe Frau! Sagen Sie mir, ich bitte schön, was will der König? Muss ich wirklich zu ihm hin?«

»Aber, liebes Fräulein!«, entgegnete Frau Bachmann lächelnd und mit sanfter Stimme, während sie Kittys Hände langsam zurückschob. »Kein Mensch zwingt sie. Die Majestät wird aber sehr gnädig mit Ihnen sein, wenn Sie kommen.«

»Ihr Mann – der Herr Leibkammerdiener sagte aber doch ...«

»Mein Mann hat Ihnen nur gesagt, es dürfte, wenn Sie hier angestellt sein wollen, klug sein, die allerhöchste Gnade nicht abzuweisen. Er hat es gut mit Ihnen gemeint, Ihnen einen Rat gegeben.«

»Ja, wenn es nur …! Ich muss ja ins Wasser springen, wenn ich nicht engagiert werde!«

»Na, na! Das wäre das Richtige, eine so wunderschöne Dame ins Wasser springen! Sie haben andere Aussichten, mein Fräulein! Aber jetzt, bitte, wollen wir an die Toilette denken, wenn es Ihnen genehm ist. Es ist Zeit.«

Wie unter einem unwiderstehlichen Zwange ging Kitty an den Reisekorb, in dem das einzige Konzert- und Gesellschaftskleid, das sie besaß, noch verpackt war. Es war weiß mit Ausputz von roten Schleifen.

Frau Bachmann fand es ganz hübsch.

Während der völligen Umkleidung ließ sie allerlei Bemerkungen fallen, die, an sich harmlose Schmeicheleien, doch Kitty bedrückten. Sie ging dann dazu über, von Fräulein Waldeyer, der ehemaligen Mätresse des Königs, und deren Toilettenpracht allerlei zu erzählen, dann vom König selber, der herzensgut sei, wenn man ihn nur zu behandeln wisse. Die Waldeyer habe ihn schließlich förmlich tyrannisiert. Er brauche aber ein sanftes, gutartiges Wesen neben sich und könne vor allem keine Intrigen leiden. Die Königin wisse ihn gar nicht zu behandeln. Es sei ernstlich zu wünschen, dass der arme König wieder einmal eine dauernde Herzensneigung finde, deren ein so schöner und liebebedürftiger Herr nicht ohne Schaden für sein Gemüt entbehren könne. Dann richtete sie wieder einige Schmeicheleien an Kitty und ohne ersichtlichen Zusammenhang sprang sie plötzlich zu der Erörterung über:

»Der Herr ist eben der Herr für uns bei Hof. Da wird nicht viel bedacht und gefragt; was er befiehlt, geschieht und auch, wenn er nur etwas wünscht, wird es angesehen, als sei's befohlen. Das gewöhnt man so, dass man's gar nicht mehr anders weiß und nicht daran denkt, auch nur den leisesten Wink, eine bloße Andeutung der Majestät anders denn als Befehl aufzufassen, sich zu bedenken oder Kritik daran zu üben. Er hat die Macht, seine Gnade oder Ungnade ist für uns eine Lebensfrage, tun wir's nicht, so sind, hundert andere froh an unsere Stelle zu treten. Ich bin aufgewachsen bei Hof, mein Vater ist noch aktiv als Obersilberbewahrer. Man kann keinem von unserer Familie etwas nachsagen, auch das Geringste nicht. Aber es liegt uns allen im Blut, dass, wenn heute die Majestät dies oder das wünscht, mag's nun in anderer Leute Augen gelten, als was immer, es getan wird. Lässt er uns was Unrechtes tun, dann ist's seine Sache, sein Gewissen hat's zu verantworten. Denn er hat die Macht über uns. Und gar so schlimm ist es heutigentages nicht mehr. Mord und Todschlag wird von einem nicht verlangt. Es ist aber auch ganz was anderes, ob man dem Wunsch eines Königs oder dem irgendeines anderen Menschen gehorcht. Zum Beispiel beim Theater! Na, Sie werden es schon noch kennenlernen, wie es da zugeht! Die Waldeyer war eine seine Dame. Da war niemand so dumm, weil sie die Geliebte des Königs war, sie nun mit jedem leichtfertigen Ballettmädel auf eine Linie zu stellen … Na, jetzt wären wir ja so weit! Allerliebst sehen Sie aus, ganz wunderschön, wie eine Frühlingsblume.«

Kitty ließ die Schwatzhaftigkeit der Frau Bachmann an ihr Ohr klingen, ohne zunächst mehr daraus zu hören, als dass eben diese Frau mit den sympathisch hübschen Gesichtszügen und der sanften Rede etwas war, wie die bösen Zauberinnen in den Kindermärchen, etwas wie eine Schlange, die, lebhaft züngelnd, ihre Ringe um sie wand. Sie hasste das Weib und fürchtete es, nur mit einer anderen Empfindung als die böse Tante in Wien, mit einer unheimlichen Bangigkeit und der Gedanke stieg in ihr auf, ob's nicht doch noch besser sein möchte nach Wien zurückzukehren als sich einer so tückisch geheimnisvollen Macht anheimzugeben. Aber es war etwas in dem Gezüngel der Schlange, was eine allmähliche Lethargie herbeiführte, eine stumpfe Widerstandslosigkeit, die den Dingen ihren Lauf ließ und nur an dem Gedanken: »Ich werde engagiert!« sich träge anklammerte.

Von Frau Kern durch ein Fenster des Erdgeschosses belauert, stieg Kitty mit ihrer Begleiterin in die zweispännige Kutsche, die, wie eine sehr feine Mietskutsche aussehend, vor dem Hotel harrte. Frau Bachmann sagte während des Einsteigens dem den Wagenschlag haltenden Kutscher:

»Sie haben also verstanden? Durch das alte Kammertor und gerade über den Hof da hinein, wo der Posten steht!«

Während der Fahrt gab sie Kitty noch allerlei Anweisungen über die Art, wie sie beim Erscheinen des Königs zu knicksen habe, in welchen Worten der Dank für das Armband zu fassen sei, dass sie mehr als bloß »ja« und »nein«, aber nicht zu viel und vor allem nicht ohne vorhergehende Frage reden solle. Dann kamen mit einer längeren Zwischenpause beiderseitigen tiefen Schweigens abwechselnd allerlei Redensarten, dass unter Umständen viel, mehr als sie sich jetzt denken könne, vom heutigen Abend abhänge, dass man das Glück beim Schopfe fassen müsse und Ähnliches mehr. »Ich sehe schon die Brillanten auf dem schönen Hälschen glänzen!«, sagte sie schließlich mit schmeichlerischer Heiterkeit.

Mit dumpfem Gepolter, in schneidigem Trab, fuhr der Wagen, der kurz zuvor eine lange Strecke steil bergan im Schritt gefahren war, durch ein dunkles Tor; die Hufe der Pferde klapperten laut auf Asphaltboden; dann hielt er unter einer zweiten spärlich beleuchteten Toreinfahrt.

Sie stiegen aus. Lang ging es über einen kühlen, von großen Laternen hier und da erhellten Korridor, auf dessen Pflaster die Schuhabsätze einen hellen Klang verursachten. Jetzt blitzte der blanke Metallhelm und der Pallasch eines Königstrabanten im Halbdunkel auf. Kitty tastete an den ihr Gesicht ganz verhüllenden Schleier. Der Trabant stand vor einer schmalen, teppichbedeckten

Treppe, die von oben her in volles Licht getaucht war; hinter dem Soldaten, der, als die beiden Damen herantraten, nur die großen schwarzen Stiefel etwas bewegte, dass Kitty die Sporen leise klirren und die Säbelscheide ein wenig klappern hörte, wurde die Gestalt des auf einer der unteren Treppenstufen stehenden Leibkammerdieners sichtbar. Er verbeugte sich vor Kitty und raunte zugleich seiner Frau in ungeduldigem Ton zu: »Rasch, rasch! Majestät warten schon!« Dann eilte er die Treppe hinauf. Frau Bachmann beschleunigte auch ihre Schritte, und Kitty musste dem Beispiel folgen.

Geräuschlos rasch ging es über die Teppiche, in schwül warmer Luft an elektrischen Lampen vorbei, die aus geschliffenen Blumenkelchen ihre glutdurchzuckten Birnen wie drohende Geschosse streckten. Die Treppe und der dann folgende Korridor waren beklemmend eng, die lautlose Stille machte furchtbar bang, und Kitty wurden mit jedem Schritte die Beine schwerer. Jetzt hatten sie Herrn Bachmann wieder eingeholt. Er stieß eine Flügeltür auf.

Sie trat in einen großen, matt erleuchteten Saal, von dessen Decke Gold flimmerte. Frau Bachmann fing sie rechtzeitig auf. Sie hatte nicht beachtet, dass an Stelle der Teppiche spiegelglattes Parkett getreten war und glitt schon an der Türschwelle mit den neuen Schühchen aus. Ein junger Lakai in reichem Tressenrock und weißen Strümpfen nahm ihr die Überkleider ab. Frau Bachmann murmelte: »Nur Courage! Ich hole Sie nachher wieder ab.«

Der Leibkammerdiener öffnete eine zweite Türe. »Bitte, bleiben Sie stehen, Fräulein!«, sagte er ganz leise, als Kitty das schmale Gemach betreten hatte, in dem es von seidenen Vorhängen, großen Ölgemälden, Spiegeln in riesigen Goldrahmen, hohen bunten Vasen und Goldzierwerk ringsum leuchtete und glänzte. »Majestät werden in einer Sekunde hier sein!«, setzte er feierlich hinzu und verschwand durch die gegenüberliegende Türe.

Kitty fühlte nun, dass sie weit, weit weg von anderen Menschen, mutterseelenallein und wehrlos allem preisgegeben war, was jetzt auch mit ihr geschehen mochte. Sie konnte nicht weinen und hätte auch nicht schreien können, selbst, wenn sie es gewagt hätte. Die Beine waren so schwer, als wollten sie den Körper langsam, ganz langsam in eine Tiefe hinabziehen, die Handschuhe umklammerten die Hände so fest, dass es weh tat. Jetzt sprangen die beiden Flügeltüren, die sie angestarrt hatte, auf. Ein wilder Schlag des Herzens, die Beine zitterten, in das Gesicht schoss siedendheißes Blut. »Steh' fest! Mach' dein Kompliment!«, sagte es in ihr.

Im schwarzen Gehrock und heller Krawatte, wie sie ihn im Theater gesehen hatte, kam König Lothar raschen Schrittes mit vorgestreckter Hand auf sie zu. Viel größer, riesenhaft erschien er, mit ungeheuer breiter Brust, der Bart viel dichter, das aus tiefen Höhlen leuchtende Auge so unheimlich. Er aber sagte munter, in rascher, halblauter Sprechweise: »Guten Abend, liebe Rita.« Sie knickste erst zum zweiten Male, als er schon ihre Hand gefasst hatte. Zum dritten Knicks, von dem Frau Bachmann gesprochen hatte, fand sie keine Zeit mehr. Ein undeutliches Stammeln von »untertänigsten Dank«, »Geschenk« kam von ihren Lippen.

»Ach, das Armband!«, sagte der König. »Gefällt es Ihnen?« Dabei streichelte er ihr die Hand, das Geschmeide scheinbar betrachtend. »Jetzt wollen wir bei einer Tasse Tee ein bisschen plaudern, mein Kind!«, fuhr er dann, ihren Arm in den seinen legend, fort. Es fiel ihr schrecklich schwer, so schnellen Schrittes mit dem König in das nächste Gelass zu gehen, wo der Leibkammerdiener in einer halbdunklen Ecke stand. Sie nahm ängstlich dem König gegenüber, durch ein kleines Tischchen von ihm getrennt, auf einem hellseidenen Fauteuil Platz, nachdem er sie mit einer Handbewegung und einem lächelnden Kopfnicken dazu angewiesen hatte. Eine andere, ganz leise Handbewegung galt dem Leibkammerdiener. Als nun dieser, in seinem Fracke und den schwarzen Seidenstrümpfen, die hagere Gestalt etwas vorgebeugt, mit zwei Tassen auf einem goldenen Präsentierteller vorsichtig trippelnden Schrittes herantrat und

Kitty sein blasses, glatt rasiertes Gesicht so herankommen sah, da schoss es ihr durch den Sinn: »Das ist der Teufel! Ich bin im höllischen Reich!«

2.

Eine kleine Weile, nachdem der König von ihr gegangen war, wurde Kitty von Frau Bachmann abgeholt und an den Wagen geleitet. Was hatte sie durchlebt, welch schaudervolle Stunde! Dieser Leibkammerdiener und sein süßfreundliches Weib, furchtbar schlecht, Verbrecher waren sie, die ein junges Mädchen in das Schloss gelockt und so ganz allein mit dem schrecklichen König gelassen hatten! Sie hätte wohl ahnen können, was es hieß, mit ihm Tee trinken. Frau Bachmann hatte ja deutlich genug gesprochen. Sie hatte es auch geahnt. Aber wie ahnt man so etwas! Und doch, sie irrte sich nicht, sie hatte versprochen, morgen wiederzukommen. Heißt das, versprochen hatte sie es eigentlich nicht, nur auf seine Frage mit dem Kopf ein wenig genickt. Es war gar nicht anders möglich. Ein »Nein!« hätte sich nicht über ihre Lippen gewagt. Was hilfe es auch? Hatte es ihr doch auch nichts geholfen, als sie fast sinnlos von Angst und Scham bat, nach Hause gehen zu dürfen. Und diese Bitte auszusprechen, hatte ihr gerade so viele Angst gekostet, als das andere, was sie zur Bitte zwang. Ja, ein gewöhnlicher Mann! Aber so ein König! Und ganz mutterseelenallein mit ihm in der stillen Nacht! Wer wagt da heftig abzuwehren oder gar um Hilfe zu schreien? Es ist eben einmal der König und wenn er etwas tut, was man sonst abscheulich fände, bei ihm ist es etwas anderes, bei ihm ist's, als ob er nur sein Recht gebrauchte, zu tun, was er will, wenn es auch ein grausames Recht ist. Etwas Gewaltiges ist es um so einen König, und mitten in Angst und Not hatte sie ein ganz eigentümliches Gefühl, gerade als ob sie ihn bewundern, anstaunen sollte. Er war der Herr, ihr Herr! Aber es gibt keine Sklaverei in christlichen Ländern. War sie denn kein Mädchen, keine junge Dame? Was war sie denn, dass der Furchtbare sie so misshandeln durfte? Es überkam sie ein grauenvoller Ekel vor ihr selbst. Das sollte morgen und wieder und wieder geschehen? Nein! Nein! Das konnte, das durfte sie nicht, so ganz ruhig nach dem Schlosse fahren und vor ihn hintreten mit genauer Kenntnis dessen, was geschehen würde. Das war die grässlichste Sünde, das war eine so abscheuliche Schlechtigkeit, dass ihr Gewissen nimmer Ruhe gefunden hätte! Da war es doch noch besser, sich von den Verwandten quälen zu lassen. Schier wie Heimweh überkam es sie. Aber, als die Vorstellungen immer deutlicher wurden, immer mehr Episoden im Gedächtnis auftauchten, wandelte sich das Heimweh wieder in die frühere Abneigung.

Sie hatte das alles ja nicht gewollt, sie trieb ja keine leichtsinnige Liebschaft. Das war ein Schicksal, keine Schuld. Sie war eben einmal ein armes, schutzloses Geschöpf und, wie sie die üble Behandlung der Verwandten über sich hatte ergehen lassen müssen, so musste sie jetzt des Königs sündhafte Neigung über sich ergehen lassen. Liebe? Das war so etwas nicht. Wieder kam ihr ein Gefühl wie Ekel. Aber gefallen musste sie ihm doch. Sie musste also sehr schön sein, denn einem König gefallen, war keine Kleinigkeit. Wenn sie ein Kindchen bekäme – das Kind eines Königs!

In ihren Gedankengängen, die sie nach einem von wilden Träumen durchtobten Schlaf wiederaufnahm und unter deren wechselnden Schwingungen sie wie betäubt, dessen, was sie umgab, kaum gewahr werdend, dahinlebte, wurde sie des Nachmittags durch einen Besuch der Frau Bachmann unterbrochen. Diese wusste schon von dem bevorstehenden zweiten Besuche im Königsschlosse, meldete in sehr ergebenem Tone, dass der Wagen zur rechten Stunde vorfahren werde und bot wieder ihre Dienste an. Kitty war der Besuch höchst lästig, und die Unterwürfigkeit der zuckersüßen Frau unheimlich. Was wollte die Person denn noch weiter von ihr? Jetzt war sie doch überflüssig geworden. Oder war sie als eine Art Aufseherin bestellt, die zusehen musste, dass die Sklavin sich nicht auf irgendeine Weise der Gewalt des Herrn entzog? Mit scheuer Schüchternheit lehnte sie ihre Dienste ab. Frau Bachmanns Gesicht nahm darauf in der Tat die Miene misstrauisch fragender Überraschung an.

»Aber den Wagen benutzen doch das gnädige Fräulein?«, fragte sie. Als Kitty dies bejahte, wurde das hübsche Gesicht der Frau wieder ganz heiter und, immer in den von ihrer gestrigen, mehr protegierenden Art völlig verschiedenen Ton des Respektes vor einer höher gestellten Persönlichkeit, drang sie sich mit allerlei Geplauder und Schmeicheleien Kitty auf, dass diese gar nicht anders konnte, als sie erst zu einem Glase Wein zu bitten und dann bei sich zu behalten.

An diesem Abend steckte der König Kitty einen kostbaren Diamantring an den Finger. Tags darauf wurde sie nach der Probe in das Büro des Intendanten gebeten, der ihr den eben erhaltenen Befehl des Königs mitteilte, wonach der Engagementsvertrag sofort abzuschließen sei. Sie war ganz krank von dem vielen Champagner, den sie am Abend vorher getrunken hatte, auf die Probe gegangen, und im hämmernden Kopf wogten Bilder hin und her, vor denen sie sich fürchtete. Der Diamant, den die Mitspielenden immer beschielten, drohte mit seiner Schwere den Finger zu zerbrechen, und siedend heiß wallte es in ihrem Gesichte auf, als sie auf eine schließlich an sie gerichtete Frage antwortete: »Den habe ich schon lange!« Beim Erwachen hatte sie ihn mit hastender Gier ergriffen, da er ihr vom Nachtschränkchen entgegenfunkelte und mit seinem Feuerglanze immer wieder die auftauchenden Erinnerungen zu verdunkeln gesucht. Jetzt hätte sie ihn so gerne versteckt!

Das ging alles vorbei, als sie aus dem Büro des Intendanten auf die Straße trat: »Engagiert!« Der Klang des Wortes hatte einen so übermächtigen Reiz, dass sie an die begleitenden Umstände gar nicht mehr dachte und sich der Tatsache nicht anders freute, als irgendeine Künstlerin, die zum ersehnten Ziele gelangt ist. Sie war königliche Hofopernsängerin und mit kindlicher Freudigkeit teilte sie es Frau Kern, die ihr auf der Treppe begegnete, mit.

»Ich gratuliere!«, sagte diese. »Daran war ja auch nicht mehr zu zweifeln!«, setzte sie jedoch mit einem Lächeln hinzu, vor dem Kittys Freudenrausch wieder verflog. Die blauen Augen starrten Frau Kern aus einem tief erglühenden Gesicht fragend an und um das niedliche Mündchen zuckte es wie weinerliche Angst. Frau Kern aber fasste sich rasch zu lebhafter Liebenswürdigkeit.

»Sie werden doch bei uns wohnen bleiben, liebes Fräulein? Wir haben ein reizendes Appartement bereit. Sie können es sofort beziehen.«

Als dann Kitty meinte, das käme auf die Dauer wohl zu teuer, ihre Gage sei nicht so sehr groß, bat Frau Kern sehr ernsten Tones um eine Unterredung auf ihrem Zimmer. Kaum dort eingetreten, sagte sie ein wenig errötend und dabei leise schmunzelnd:

»Fräulein brauchen sich vor mir nicht zu genieren. Ich weiß doch, wie die Dinge zusammenhängen, und wir sind hier ja nicht in einer Kleinstadt. Letzthin natürlich … Sie dürfen das nicht falsch auslegen … Man macht sich eben nicht gern vorlaut. Aber Sie dürfen uns unbedingtes Vertrauen schenken. Wir werden bei größter Diskretion alles aufbieten …«

»Aber, liebe Frau Kern«, unterbrach sie Kitty, »ich habe wirklich nicht so viel Gage, als Sie zu glauben scheinen –« Frau Kern sah sie erst prüfend an, dann lachte sie und rief, Kitty freundschaftlich an der Taille umfassend:

»Gott, wie naiv sind Sie noch! Das kommt schon alles! So ein Armband! … Aber Sie werden doch nicht …« Ihr Blick fiel auf den Ring an Kittys Finger. Sie fasste das Händchen und sagte halblaut: »Gott, wie prachtvoll! Na ja! Was sag' ich denn? Es kommt eins nach dem andern! Bleiben Sie bei uns, Fräulein! Es soll gewiss an nichts fehlen, was nur immer eine noble Dame beanspruchen kann. Verfügen Sie nach Belieben über unser ganzes Haus!« Leise fuhr sie fort:

»Ich bin eine Frau ... wenden Sie sich ungeniert an mich, wenn Sie sich irgendwie aussprechen wollen!«

Kitty musste den prächtigen blauseidenen Ecksalon im ersten Stock mit dem daranstoßenden reizenden Schlafkabinett besichtigen. Ein dritter Raum daneben mochte als Garderobe dienen.

Sie zögerte immer noch eine so kostspielige Wohnung zu nehmen, und Frau Kern meinte nur lachend, es habe ja keine Eile, sie werde nicht heute noch das Hotel verlassen.

Es war vier Uhr vorbei, als Frau Bachmann eilfertig ankam und »das gnädige Fräulein« aufforderte schleunigst Toilettegegenstände für eine Nacht einzupacken und den wartenden Wagen zu besteigen. In heller Ausregung sagte sie: »Majestät haben vor einer Stunde erst beliebt, heute im Jagdschloss Hirschhütte zu dinieren und morgen früh dort – so wurde dem Hofe gesagt – auf die Pürsche zu gehen. Ich bin aber hierhergeschickt, denn Majestät wollen, dass Sie ihm bei dem Ausflug Gesellschaft leisten. Wir fahren in einer Droschke von hier weg. Ein anderer Wagen bringt Sie später an eine bestimmte Stelle, wo Majestät zu Pferde eintreffen und dann mit Ihnen weiterfahren werden.«

»Was geschieht mit mir? Warum bringt man mich fort von hier?«, fragte Kitty zitternd, mit weitaufgerissenen Augen.

»Aber, liebes, gnädiges Fräulein«, lautete die Antwort, »was denken Sie sich denn? 's ist ja eine Vergnügungsfahrt und eine überraschende Auszeichnung! Um fünf Uhr treffen Majestät am Rendezvous ein. Also schnell, schnell!«

Kitty tat, was ihr geheißen wurde. Während des Einpackens schwatzte Frau Bachmann von großem Glück, von der Majestät, die ganz toll verliebt sei, von Überraschungen, die sicher noch kommen würden. Trotz der Droschke machte sich Frau Kern, die hinter einer Gardine zusah, ihre besonderen Gedanken, als Kitty mit Frau Bachmann fortfuhr, und als die anderen vormittags kurz vor zwölf Uhr zurückkehrende Sängerin recht ungeschickt eine Geschichte erzählte, wie sie dazu gekommen sei, bei der Frau Leibkammerdiener zu übernachten, tat sie ganz gläubig, ließ sich aber eine halbe Stunde später nach dem hohen Schloss fahren. Sie hielt sehr viel auf ihre Respektabilität als wohlangesehene Bürgersfrau, wenn sie auch gern eine Gelegenheit wahrnahm, mit heiklen Dingen zu tändeln und sie fühlte die ganze Verachtung der anständigen Frau gegen eine Person, die anscheinend den Auftrag hatte, ein unverdorbenes Mädchen zur etikettmäßigen Sünderin auszubilden. Aber, wenn es sich ums Geschäft handelt, muss man mit allerlei Leuten rechnen können.

Frau Bachmann verhielt sich sehr zurückhaltend. Man wisse noch gar nicht, was geschehen werde. Der König sei bester Laune von Hirschhütte zurückgekommen und habe dem Hofjuwelier sowie den ersten Sekretär des Hofmarschallamtes, der schon öfter gewisse diskrete Geldangelegenheiten besorgt habe, rufen lassen. Es sei kaum zu bezweifeln, dass es sich diesmal um mehr als um ein vorübergehendes Abenteuer der Majestät handle. Da würde wohl dahin gewirkt werden, dass Fräulein Rita eine Wohnung bezieht, in der der König unbeobachtet aus und ein gehen kann. Ein Hotel sei hierfür kaum geeignet. Frau Kern war bemüht alle Bedenken zu beseitigen und meinte schließlich, wenn sie nur wolle, könne Frau Bachmann die Sache gewiss durchführen, denn sie habe ja anscheinend doch so eine Art Oberaufsicht über das Mädchen. Frau Bachmann erwiderte:

»Nun ja! Es hat sich zufällig so gemacht, dass ich der Kleinen ein bisschen an die Hand gegangen bin, damit sie keine Dummheiten begeht. Missverstehen Sie die Sache nicht, liebe Frau Kern! Ich möchte mir nichts nachsagen lassen. Aufzuhalten war aber nichts mehr. Es gibt immer Mittel und Wege, wenn so ein hoher Herr sich einmal auf ein Abenteuer kapriziert. Nur Mitgefühl war es, dass ich ihr über das Peinliche der Situation ein bisschen hinüberhalf. Gott, so ein armes Ding!«

Sie lächelte dabei geringschätzig wohlwollend. »Ach ja! Wenn Eine beim Theater ist ...«, meinte Frau Kern mit einem bedauerlichen Seufzer.

»Das ist's eben!«, sagte Frau Bachmann. »Sehen Sie, meine Liebe! Diese Rita kann nichts, scheint mir wenig geistreich und hat nur ein niedliches Lärvchen, einen schönen Körper. Die Leute wissen es ja im Voraus, was geschieht, wenn sie so ein Ding allein in die Welt hinausschicken. Sie rechnen auch damit; nur sagen sie es natürlich nicht offen. S' ist traurig; aber man ändert die Welt nicht. Solche Geschöpfe sind eben einmal dazu da. Für das Püppchen ist's ja noch ein Riesenglück, wenn kein Geringerer als der König sie zur Mätresse macht. Wenn sie nicht hier engagiert wurde, nicht doch in bessere Hände kam, sondern in der Provinz herumvagierte ... was wurde da aus ihr!«

Noch am Abend traf bei Frau Bachmann ein Korb Sekt mit schönen Empfehlungen der Frau Kern ein.

Kitty hatte jeden Gedanken verloren und glaubte verzaubert zu sein, als erst vom Hofjuwelier im allerhöchsten Auftrage ihr ein aus Ohrringen, Halsband und Armreif bestehender Brillantschmuck, kostbar wie für eine Fürstin, übersandt wurde und eine halbe Stunde darauf der Hofsekretär Dannenberg sich mit einem tiefen Komplimente vorstellte, um ihr zu eröffnen, dass Majestät die Gage des gnädigen Fräuleins aus allerhöchster Privatschatulle auf fünfzigtausend Mark zu ergänzen befohlen habe, wovon er die erste Monatsrate zu überreichen die Ehre habe. Ferner gab ihr der elegante Herr ein kleines Büchelchen, das Blatt für Blatt unausgefüllte Anweisungen an die Hofbankiers Rosenfeld und Elias enthielt. »Zur Bestreitung etwaiger Toilettebedürfnisse«, sagte er und erklärte ihr wie sie nur so ein Zettelchen abzureißen brauche, um es als Geld zu verwerten. Endlich fügte er noch hinzu:

»Gnädiges Fräulein wünschen hier im Hause wohnen zu bleiben? Das dürfte allerdings nur provisorisch sein. Majestät haben bereits den Ankauf einer geeigneten Villa befohlen. Bis eine solche gefunden und eingerichtet ist, werden aber doch noch einige Monate vergehen. Das gnädige Fräulein wollen indessen, die hauptsächlichen Anordnungen bezüglich der Appartements mir überlassen, da der Verkehr der Majestät im Hause doch ganz bestimmte Dispositionen erfordert. Die besonderen Wünsche des gnädigen Fräuleins werden dadurch natürlich nicht beeinflusst. Bezüglich der Dienerschaft bitte ich, mit Frau Bachmann sich in Verbindung zu setzen.«

Kitty hörte das alles in stummer Verwirrung an und besann sich erst im letzten Augenblick, als der Herr Hofsekretär sich mit einem Handkusse von ihr verabschiedete, auf die ganz leise hingehauchten Worte:

»Bitte Majestät meinen ganz untertänigsten Dank zu melden.« Allein, griff sie in einer wilden Freudengier nach den Diamanten, schmückte sich mit hastenden Fingern und koste vor dem Spiegel mit dem blitzenden, zuckenden Lichtspiel. Wie verliebt musste der König in sie sein!

Die weibliche Eitelkeit nahm, sich mächtig blähend, von ihrer Seele Besitz. Als sie aber nach einer Weile den Blick auf die Banknoten und auf das Scheckbuch lenkte und alles dessen gedachte, was der Hofsekretär gesagt hatte, da kam wieder die Angst über sie. Wohin trieb man sie, was geschah mit ihr? Das Wort »Mätresse« ging ihr durch das Gehirn, und dieses Wort war so schrecklich, wie die ewige Verdammnis. Was kümmerte den König ihre Verdammnis! Dem gefiel sie eben einmal, und es amüsierte ihn. An so etwas dachte er dabei nicht. Wenn sie es zu Hause, in Wien, wüssten! Die hatten ihr jetzt gar nichts mehr zu sagen, von denen brauchte sie sich nichts gefallen zu lassen! Die hässliche Cousine, das blasse, magere Ding, an der fände freilich kein König ein Gefallen! Die und Diamanten! Sie musste lachen, als sie daran dachte. Das war richtig, für einen König war sie in allem doch zu einfach. Was sollte sie denn kaufen? Wie viel durfte man eigentlich mit dem Büchelchen da verbrauchen? Wenn der Hofsekretär das nur ungefähr gesagt hätte. Sie überlegte allerlei, was ihr nötig schien. Gleich morgen wollte sie in verschiedene Magazine gehen. Fünfzigtausend Mark! So viel konnte sie, ein einzelnes Mädchen, gar nicht in einem Jahre aufbrauchen, wenn sie noch so hoch rechnete. Da konnte man ja ein Vermögen ersparen! Heißt das, wenn der König sie nicht bald wieder fortschickte. Wenn sie in Ungnade fiel ... wie leicht konnte das einmal geschehen! ... Es war eine furchtbare Sünde. Die Sängerin war ja da ganz Nebensache geworden. Eine Villa ... Dienerschaft ... Sie hatte keine Ahnung, wie man ein so vornehmes Leben anfängt. Da musste sie noch viel lernen. Es ist gar nicht so einfach die Mätresse eines Königs zu spielen. Wie untertänig der Hofsekretär war! Die Leute, die von der vornehmen Welt nichts kennen, reden eben, wie sie's verstehen. Bei Hofe denkt man über die Dinge aber anders. Er würde sie bald wieder nach Hirschhütte kommen lassen, hatte er gesagt ...

Das viele Denken taugte nichts. Sie wurde müde davon und legte sich aufs Sofa. Aber die Gedanken spannen sich weiter, wie sie dalag, die Arme über dem Kopf, zur Decke blickend.

Sie war eben hübsch, sehr hübsch, und die Männer sind einmal so ... Sünde! Sünde! Es gab gar viele, die so waren, wie sie ... Die Mama hatte ja auch ... Der Champagner war gut. Sie trank gern Champagner. Sie hätte jetzt welchen haben mögen. Das konnte sie mit dem vielen Geld nach Herzenslust, Champagner trinken. Ins Wasser hatte sie springen wollen. Das war eine recht kindische Idee!

Sie sah nieder und bemerkte, dass sie die Diamanten noch immer umhängen hatte. Sie öffnete ihr Kleid und legte die Kette auf den entblößten Hals. Dann holte sie mehrmals tief Atem und beobachtete, wie die leuchtenden Steine sich auf und nieder bewegten.

Was würde sie wohl noch alles geschenkt bekommen? Eine sehr geschickte Kammerjungfer musste sie haben ...

Es klopfte, hastig sprang sie auf, riss die Kette los und schloss das Kleid, ehe sie »herein!«, rief.

Frau Kern war's, die, eben von Frau Bachmann heimgekehrt, den Hofsekretär in Verhandlung mit ihrem Gatten getroffen hatte. Sie bewunderte zunächst mit lauten Ausbrüchen der weiblichen Lust am Anblicke von Geschmeiden das auf dem Tische liegende Halsband und sah dabei Kitty immer wieder mit leichtem Erröten und scheu lüsternen Seitenblicken an. Dann aber lud sie diese mit der eindringlichen Beredsamkeit der geschäftseifrigen Wirtin zur Besichtigung der neuen Wohnung ein, deren Hauptgemächer sogleich bezogen werden könnten. Die übrigen, vor allem ein Speisezimmer und eine Badestube, ferner drei Stuben für die Dienerschaft würden in den nächsten Tagen fertiggestellt sein, desgleichen der Abschluss ihrer Wohnung vom übrigen Hotel durch eine mit Tür versehene Fachwand auf dem Korridor. Die bisher von der Hoteldienerschaft benutzte, nach der Seitenstraße mündende Treppe würde fein ausgestattet und gegen die obere Etage abgesperrt werden.

»Ja, aber ... was kostet das?«, fragte Kitty. Frau Kern sah sie verwundert an und sagte: »Na – es ist mir nicht verboten worden, es zu sagen. Hundert Mark pro Tag für das Fräulein und die Dienerschaft, ohne Getränke natürlich, ist verabredet. S'ist ein mäßiger Preis, und der Herr Hofsekretär hat ihn sofort bewilligt. Aber Ihnen kann's ja gleichgültig sein. Sie bezahlen's ja nicht!« – »Wieso?«, meinte Kitty höchst verwundert.

Nicht minder verwundert antwortete Frau Kern: »Der Herr Hofsekretär hat die Ordre gegeben, allwöchentlich solle die Rechnung über alles, was für Sie und Ihre Dienerschaft von uns geleistet wird, bei Hof eingereicht werden.«

»Ja, dann habe ich ganz falsch verstanden, was er mir sagte«, entgegnete Kitty. »Ich glaubte, er besorge alles, ich aber müsste es bezahlen.« Sie lächelte, wie verlegen über eine Ungeschicklichkeit.

Frau Kern fuhr mit vertraulicher Heiterkeit fort:

»I bewahre! Er hat noch eigens gesagt, jeder besondere Wunsch des gnädigen Fräuleins soll auf das Sorgfältigste ausgeführt werden. Sie brauchen nur zu befehlen, und wir dürfen wohl hoffen, dass Sie uns was verdienen lassen. Die Änderungen, die der Hofsekretär befohlen hat, verursachen nicht geringe Kosten, an der Pension profitieren wir gar nicht übermäßig. Wir haben eben gerechnet, dass allerlei Nebenverdienst abfällt. Bei Hof kommt es nicht auf etliche hundert Mark mehr oder weniger an, und Sie selber wären sehr ungeschickt, wenn Sie nicht aus dem Vollen schöpften. Ich bin eine einfache Bürgersfrau, aber ich finde es sehr natürlich, wenn eine Dame, wie Sie, sich nicht zu bescheiden macht. Ist's jetzt vielleicht gefällig, die Appartements zu besichtigen?«

Kitty verschloss ihren Schmuck und die Gelder und folgte dann Frau Kern. In dem Ecksalon des ersten Stockwerkes, der zwar den Gasthofcharakter nicht verleugnete, aber mit den schweren Fensterdekorationen, den zwei großen Spiegeln, dem dicken Teppich und den hellblauen, weiß gemusterten und reich mit Troddelwerk verzierten Möbeln, Kitty überaus prächtig erschien, begrüßte sie Herr Kern mit tiefer Verbeugung und hielt eine Art Ansprache. Das allerliebste Schlafzimmer mit der hellgeblümten Tapete und dem großen Eichendoppelbett unter einem Baldachin, der gleich der Chaiselongue rosenfarben mit grauem Blumenmuster war, betrat Kitty mit Frau Kern allein. Diese senkte die Augen, als sie mit leiser Stimme sagte:

»Wenn es nicht elegant genug gefunden werden sollte, werden wir natürlich für wertvollere Dekoration sorgen.«

»Es ist ja ganz reizend«, sagte Kitty mit vergnügter Unbefangenheit, wurde aber feuerrot, als Frau Kern im selben Tone fortfuhr:

»Der Herr Hofsekretär meinte auch, es dürfte den Ansprüchen genügen.«

Sie ging rasch nach dem Salon zurück. Man einigte sich über den sofortigen Umzug, der unter Leitung der Frau Kern mit einem Aufgebot zweier Stubenmädchen, des Hausknechtes und des Zimmerkellners in einer halben Stunde bewerkstelligt war. Das von Frau Kern ständig zur höchsten Fixigkeit angespornte Personal hatte gar nicht Zeit, sich über den überraschenden Vorgang zu bereden. Die prächtige Wohnung, in der sie sich so furchtbar vornehm vorkam, der Gedanke, dass sie trotz der großen Gage ganz umsonst leben sollte, wie es ihr gefiel, während ihr schon Angst geworden war, sie sei zu Auslagen gezwungen, die von dem schönen Geld doch wieder so viel verschlängen, hatten Kitty in eine freudig erregte Stimmung versetzt, die sie zugleich antrieb, gegen die geschäftig liebenswürdige Frau Kern etwas wie Dankbarkeit zu empfinden. Als diese schließlich nach etwaigen weiteren Befehlen fragend sich zurückziehen wollte, sagte sie, sich vertraulich anschmiegend:

»Ich bin den großen Salon noch gar nicht gewöhnt und würde mich allein hier recht einsam fühlen. Leisten Sie mir ein bisschen Gesellschaft.«

»Mit größtem Vergnügen!«, entgegnete Frau Kern.

In einem schüchtern fragenden Tone fuhr Kitty fort:

»Wissen Sie, liebe Frau Kern, was ich noch gern möchte?«

»Das wäre, gnädiges Fräulein?«

»Ein Glas Sekt!«, stieß sie halbflüsternd hervor.

»Aber sofort! Selbstverständlich!«, rief Frau Kern höchst eifrig und drückte an die elektrische Klingel.

»Eine Flasche Pommery für das gnädige Fräulein!«, rief sie dem eintretenden Zimmerkellner zu.

»Sie trinken doch mit?«, fragte Kitty, und die sich aufschürzende Oberlippe enthüllte die kleinen weißen Zähne.

»Wenn Sie gestatten!«

»Ich trinke Sekt so gern!«, sagte Kitty hoch aufatmend, als sie das erste Glas hinabgestürzt hatte.

Ein lebhafteres Gespräch kam trotz verschiedenartiger Bemühungen der Frau Kern nicht in Fluss. Kitty starrte die Redende zwar anscheinend aufmerksam an, lächelte zuweilen, gab aber nur knappe Antworten und trank, da Frau Kern sich sehr zurückhielt, fast die ganze Flasche allein aus. Die erhitzten Wangen mit den beiden Handrücken greifend und den Atem heftig ausblasend, sagte sie endlich:

»Mir tanzt alles vor den Augen. Ich hab' einen Schwips!«

»Ruhen Sie etwas, gnädiges Fräulein!«, meinte Frau Kern.

Kitty erhob sich.

»Alle Tage trinke ich jetzt Sekt. Das kann ich mir erlauben, nicht wahr?«

»Gewiss! Gewiss!«, erwiderte Frau Kern, die ebenfalls aufgestanden war und Kitty leicht am Arme stützte. Deren Augen erweiterten sich noch und traten stärker vor, während sie mit immer mehr schwankender Stimme weiterschwatzte:

»Meine Diamanten sind schön! Ja, sehr schön. Ich bekomme noch mehr, noch viel mehr und einen eigenen Wagen bekomme ich auch. Ach, reich werde ich, so reich … das wissen Sie gar nicht, wie reich ich bin, Sie gute, liebe Frau! Gut und lieb, ja, das sind Sie. Sehr gut und lieb.«

Damit schmiegte sie sich schwerfällig an Frau Kern an, die sie drängte, im Schlafzimmer sich zur Ruhe zu legen.

Während Frau Kern ihr allerlei Hilfeleistungen bot, lallte die Berauschte bald lauter, bald murmelnd:

»So lieb und gut! … Da draußen in … in … Hirschhütte, ja, Hirschhütte heißt's, da hab' ich auch Sekt getrunken, oh, so viel

Sekt! … Weißes Tierchen, hat er gesagt. Das ist dumm, das ist gemein! Nicht wahr? … Ich muss aber doch wieder hinaus! … Ich muss … ich muss! … So lieb und gut … Gute Frau Kern, ich hab' Sie lieb, ja, ich hab' Sie wirklich … lieb.«

In ihrer Kleidung erleichtert, schlief Kitty alsbald auf der Chaiselongue ein.

Am nächsten Tage kam Frau Bachmann zu ihr, und in deren Begleitung fuhr sie nach verschiedenen Geschäften. Erst wurden nur die dringlichsten unmittelbaren Anschaffungen gemacht, die freilich auch schon mehrere Tage in Anspruch nahmen. Kitty bekam, als man damit etwa sechstausend Mark verbraucht hatte, einen Anfall von Ängstlichkeit, den aber Frau Bachmann lustig lachend beseitigte. Die großen Bestellungen waren ja erst noch zu machen; Frau Bachmann riet aber, damit vorsichtig zu Werke zu gehen und erst sehr genaue Erkundigungen darüber einzuziehen, wem diese zu übertragen seien. Sie war, wie sie sagte, selber nicht so genau über die besten Bezugsquellen von Modeartikeln allerersten Ranges vertraut. Nach einigen Tagen hatte sie sich jedoch die nötigen Aufschlüsse verschafft. Überall, wohin Kitty unter steter Begleitung der Frau Bachmann kam, wurde sie mit den tiefsten Bücklingen empfangen und verabschiedet und dazwischen mit einer das ganze Personal in Erregung bringenden Aufmerksamkeit bedient. Selbst in solchen vornehmen Geschäften, in denen der Prinzipal der Kundschaft fast nie sichtbar war, sondern als geheimer Gott nur im Comptoir thronte, wurde sie von diesem feierlich empfangen, und sein persönliches Kommando setzte das Personal in Bewegung. Anderen anwesenden Kunden, die verwundert fragten, wer denn dieses niedliche Püppchen mit dem Christkindchenkopf sei, vor dem die kostbarsten Dinge aufgetürmt wurden, flüsterte man mit einer ein sensationelles Geheimnis andeutenden Stimme zu: »Fräulein Rita, die neue Sängerin – macht großartige Bestellungen – ihre Begleiterin ist die Frau des königlichen Leibkammerdieners!«

Kitty wühlte mit gierigen Blicken und zuckenden Fingern in den vor ihr aufgestapelten Schätzen, und Frau Bachmann ermunterte immer zu Bestellungen, denn sie hatte vorgesorgt, dass jene Geschäfte, denen sie den kostbaren Vogel zuführte, ihr bedeutende Provisionen zahlten. Nach wenigen Tagen fuhr Kitty an den Geschäften im eigenen seidengepolsterten Coupé vor, dessen weitausgreifender schwarzer Traber mit der schweren Mähne und dem ihren Namenszug tragenden goldplattierten Geschirr ein stattlicher Kutscher in dunkelbraunem Rock und weißen Lederhosen mit Stulpstiefeln lenkte, während neben ihm ein hübscher sechzehnjähriger Groom mit verschlungenen Armen saß.

Zu Hause harrten die Kammerfrau, die zugleich Gesellschafterin war und auch mit ihr am Tische, den der Groom bediente, speiste, sowie eine Jungfer ihrer Befehle. Der König hatte nach dem ersten Besuche in ihrer Wohnung angeordnet, dass der Salon von der Hofgärtnerei mit den wertvollsten Blumen in reichen Gefäßen ausgeschmückt würde. Auf ihrem Toilettetisch standen neben dem schwersilbernen, mit ihrem Monogramm geschmückten Service die feinsten Pariser und Londoner Parfüms und Essenzen zu verschiedenem Gebrauch bereit. Der König kam nie ohne eine Bonbonnière, und als sie auf seine gelegentliche Frage, ob sie denn nicht nach einem Hündchen oder einem Papagei Verlangen trüge, von einem Affen sprach, den sie wohl zum Spielzeug haben möchte, wurde ein kleines schwarzbraunes Äffchen mit rosigem Gesicht und nackten Händchen beschafft, das sie »Muckerl« nannte. Sie teilte ihre Bonbons mit ihm, es schlief bei ihr in einem Puppenbettchen, sie wusch es selber des Morgens in dem parfümierten Bade, das sie eben verlassen hatte. Es saß bald im Schoße, bald auf dem Arm, wo es dann schmeichlerisch das eigene Ärmchen um den Hals der Herrin legen lernte. Ihre Neigung für den Champagner wurde täglich befriedigt.

Sie wusste nichts anderes mehr, als dass sie etwas wie ein verzaubertes Mädchen in einem Märchen sei, das wie eine Prinzessin lebte und jeden Wunsch befriedigt sah, aber nur dem großen Zauberer, dem König, zu dem sie immer noch mit ängstlicher Scheu aufsah, demütig willfährig als Spielzeug dienen musste. Da von Fräulein Schwarz, der Kammerfrau, kunstvoll gepflegt, dort von Frau Bachmann in der neuen glanzvollen Welt geleitet und beraten, Juwelen, Spitzen, Seide, Blumen vor Augen, von Wohlgerüchen umduftet, perlenden Champagner zu Leckerbissen schlürfend, durch die glänzenden Straßen der Stadt auf Gummirädern über den Asphalt schaukelnd, hatte sie keine Zeit über Sünde und dergleichen nachzudenken.

3.

»Da ist noch etwas, mein lieber Lanzendorf!«, sagte der König zum Hofmarschall, als dieser am Schlusse der täglichen Meldung die übliche Frage nach etwaigen weiteren Befehlen gestellt hatte. »Ich habe Sie bisher damit nicht behelligt und will es auch ferner nicht, aber wissen müssen Sie schließlich doch davon. Es betrifft die Sängerin Rita. Ganz neu wird Ihnen die Sache ja nicht sein!«

Graf Lanzendorf erwiderte: »Es ist mir allerdings bekannt, dass die Dame sich der allerhöchsten Gnade erfreut.«

»Nun also! Ich habe dem Dannenberg allerlei Aufträge für ihre Etablierung gegeben. Vor allem Ankauf und Einrichtung einer passenden Villa. Es wird wohl noch manches im Laufe der Zeit dazu kommen. Ich wünsche, dass keine Schwierigkeiten entstehen und vor allem die Dame selbst nicht irgendwie durch Bedenklichkeiten belästigt wird! Sie sind ja ein musterhafter Chef meines Hofhaushaltes, lieber Lanzendorf, aber ich kenne Sie und weiß, dass es Ihnen ein Gräuel ist, wenn derartige Depensen zu große Dimensionen anzunehmen scheinen.«

Graf Lanzendorf verneigte sich mit einer leise protestierenden Gebärde. »Ja! Ja!«, fuhr der König heiter fort. »Es ist mir nicht unbekannt geblieben, dass Sie in ähnlichen Fällen indirekt Wasser in meinen Wein gemischt, und, soweit Sie es vermochten, meine Gnadenbezeugungen erst nach einer Verdünnung oder Beschränkung an ihre Adresse gelangen ließen. Ich würde ja sonst gar nicht mit Ihnen über die Angelegenheit sprechen. Diesmal aber müsste ich ernstlich zürnen, wenn Sie mich heimlich bevormunden wollten. Lassen Sie also Dannenberg machen und legen Sie ihm nichts in den Weg.« Der Graf verneigte sich wiederum stumm, und mit einem etwas spöttischen Lächeln wünschte der König ihm Guten Morgen.

Dieser Lanzendorf war ein treuer Diener, und es hatte den König nur ergötzt, hinterher zu erfahren wie er wiederholt gerade die galanten Ausgaben seines Herrn auf listige Weise kontrolliert und so gelenkt hatte, dass der königliche Wille auf eine möglichst wohlfeile Art ausgeführt wurde. Das ging aber bei Kitty ganz und gar nicht an.

König Lothar war allein geblieben, an das Fenster seines Arbeitszimmers getreten und sah auf das breite, glitzernde Band des Stromes hinab, der in scharfer Krümmung aus dem Gebirge heraustrat, auf die felsdurchmischten Waldberge in ihrer herbstlichen Farbenpracht, auf die an beiden Ufern sich dehnenden Vororte, dort aus Villen, die zwischen buschigen Anlagen hell glänzten, anderswo aus großen Häusermassen mit aufragenden Türmen bestehend. Ganz in der Ferne stiegen Fabrikschlote empor, und die Morgensonne machte die Dampfwolken, die sie ausatmeten, weiß schimmernd. Weithin überspannte das blaue Himmelsgewölbe die bunt bewegte, von der Gebirgskette begrenzte Fernsicht. Wie er vom Berge ins schöne Tal hinabsah, so stand er auf ragender Höhe als Führer eines tüchtigen Volkes, eines stolzen Landes, geliebt und geehrt.

Sechs Jahre trug er jetzt die Krone. Seinem kriegerischen Vater, unter dessen siegreicher Herrschaft das Waffengeklirr die Hauptmusik gewesen und der Soldat die herrschende Kaste gebildet hatte, war er als Friedensfürst gefolgt, der den Künsten huldigte, seine Hauptstadt zu einer der schönsten Europas gestaltete und im ganzen Lande neues Leben erstehen ließ. Er wollte ein großer König sein, und man hielt ihn auch dafür. Trotz aller Siege hatte der kriegerische Vater nur verwickelte politische Zustände hinterlassen, aus denen immer neue Kriege hervorzugehen drohten.

Als flugbereite Adler lauerten die Nachbarmächte auf seine Schwäche, als er den Thron bestieg. Weil er dem Übergewichte der Generale in der Umgebung seines Vaters nicht hold gewesen, war er von der Militärpartei als ein Schwächling verschrien worden, der mit leichtem Sport und Weiberjägerei Zeit und Kraft vertändle, trotzdem er sich im Kriege als guter Soldat gezeigt hatte. Seiner staatsmännischen Klugheit, seiner besonnenen Kraft des Auftretens war es jedoch gelungen, alle Verwickelungen auszugleichen und im sicheren Frieden mit den Nachbarn zu leben. Dem großen Krieger war der große Staatsmann gefolgt.

War es nicht beschämend, ein solcher König zu sein und sich so viel mit einem Persönchen, wie diese Kitty zu beschäftigen, so vernarrt in das Dingelchen zu sein? Es war was anderes als Vernarrtheit oder eine Vernarrtheit besonderer Art. Dieses Geschöpf war's, was er brauchte, was gärende Missstimmungen in ihm beruhigte und geheime Empfindungen befriedigte. Das Weib! Man kann es nicht entbehren und ein König zumal nicht.

Da ist der Kronprinz großjährig geworden. Erst war er von Gouverneuren streng bewacht, abgeschlossen von aller fröhlichen Kameradschaft, denn die hochadligen jungen Herren, die man zuweilen zu ihm lud, waren wohl darüber belehrt, dass der Spielgefährte ein besonderes Ding sei, das vorsichtig angefasst werden müsse. Jetzt geht es hinaus ins Leben. Was ist für einen Prinzen das Leben? Die Vergnügungen des Studenten, des jungen Offiziers verschließt ihm die Etikette zum wesentlichsten Teil. Er darf sich die Freunde nicht aussuchen, wie er will, hat nur innerhalb einer engen Grenze die Freiheit der Bewegung. Der Lebensdrang, die Jünglingsneugierde treiben zum Weibe hin, und willfährige Leute gibt es, die einem Prinzen bei diesem Drange gefällig mit Rat und Beihilfe sind. Das Weib und immer nur das Weib ist der Höhepunkt des Lebensgenusses für einen Prinzen. Und was für Weiber! Keine fröhliche Jünglingsliebschaft, keine tolle Schwärmerei: Damen aller Art, die recht wohl wissen, worauf es bei einer Prinzenliebschaft ankommt, eine eitle Ehebrecherin aus der Gesellschaft oder ein junges Ding, das man ihm verkuppelt hat! Und wenn es anders kommt? Da war sie gewesen, Ida, des Oberstallmeisters liebliches Töchterchen. Was gut und rein an ihm war, brachte dieses Wesen in dem Jüngling zu reicher Frühlingsblüte und mit Verachtung kehrte er dem bisherigen Treiben den Rücken. Ein aufgefangenes Briefchen, – welch seelenvolle edle Briefe konnte sie schreiben! – Die arme Comtesse wurde zu entfernten Verwandten gebracht und dort baldigst verheiratet, der Kronprinz aber kehrte zurück in die lustige Gesellschaft der Halbweltlerinnen und Balletteusen!

Einige Jahre später verheiratete man ihn. Die ausgesuchte Braut war schön, er willigte in den Plan und er hatte es gut vor. Da war nun wieder die Prinzessinnenerziehung das gerade Gegenstück zur eigenen. Eine Prinzessin ist kein Weib. Die Etikette hat ihre weiblichen Gefühle zugerichtet, wie die Füße der Chinesinnen zugerichtet werden. Seine Gattin war eine tadellose Königin, sie wusste, dass sie die Aufgabe hatte, die Dynastie fortzupflanzen und sie erfüllte diese Aufgabe, aber sie gab dem Könige nicht, wessen sich der ärmste Mann erfreut, die trauliche Liebe, die natürlich menschliche Empfindung. Es war gewiss nicht böser Wille. Sie konnte eben nicht lieben. Als er dann des Kampfes mit ihrer Kälte müde geworden war, da kam jene Art von Eifersucht, die nicht dem Schmerze betrogener Liebe, sondern der weiblichen Eitelkeit entsprang, die sich in die Maske des Stolzes hüllte und beleidigt schien, dass niedriger geborene Geschöpfe die Gunst des Königs mit ihr teilten. Diese stolze Betonung von Würde und verletzten Rechten verband sich mit Reizbarkeiten und Kränkungen, die die Erkältung nur vermehrten. Eine öde Heuchelei vor dem Volke, die jeder Höfling durchschaute, trat an die Stelle des Familienlebens. Das Glück des Menschen war dahin. So blieb nur der König übrig.

Sein eheliches Ungemach hatte ihn dazu verführt in der Betonung seiner Königswürde, in dem Nimbus des Majestätsbegriffes eine Art Narkose zu suchen, die das Missbehagen ersticken, die Seele in steter Erregung halten sollte. Aber vom Puppenspiele des Hofzeremoniells abgesehen, das doch nicht ernst zu nehmen war, sah er sich auch hier beengt, geärgert, sobald er ganz ein König, ein aus eigener Kraft schaffender Herrscher sein wollte. Da war erst das Parlament, dem er grundsätzlich nicht abhold, wie sein Vater, war, das aber nur zu oft sich zu kleinlich erwies, seinem großen Wollen gerecht zu werden und Lieblingspläne die mehr als Launen und Spielereien waren, um nichtiger Gründe willen kurzsichtig vereitelte. Dann kamen Minister und Bürokraten, spießbürgerlich denkende Stadtbehörden, Interessentengruppen, nicht zuletzt die Geistlichkeit mit ihren Schrullen, und das alles lähmte bald da, bald dort mit diesen und jenen Bedenklichkeiten und Intrigen die freie Flugkraft des Königswillens, unterwühlte immer bohrwurmartig den Bau schöner Gedanken. Das allein bot reine Freude, wenn er, mit dem niederen Volke, Bauern und Kleinbürgern in Berührung kommend, sah, wie diesen Leuten das Königtum noch von um so größerem Glanze umgeben schien, je leutseliger er die Krone und den Purpurmantel verbergend als Mensch mit Menschen sprach. Aber auch diese Freude zwang die Etikette in mehr oder minder enge

Schranken und gestattete ihr nur eine gelegentliche, zufällige Äußerung. Nur dann war der König frei, hemmte ihn nicht nur nichts, sondern überbot man sich an dienstfertigem Eifer, wenn es galt durch Wollust zu ersetzen, was eine unglückliche Ehe an Liebesglück entbehren ließ. Die alte Prinzenwirtschaft trat wieder in Geltung, mit dem Unterschiede nur, dass sich dem Könige die Opfer noch williger boten, als dem Prinzen.

Eine Wendung kam, als die Waldeyer mit dem Zauber schöner Augen und anmutiger Beredsamkeit auf ihn wirkte. Da schien es fast als würden tiefere Gemütsbedürfnisse befriedigt, als fände eine einsame Seele endlich die verständnisvoll mitfühlende Genossin. Aber nach einer Weile holder Täuschung musste König Lothar mehr und mehr erfahren, dass er nicht so sehr geliebt war, als vielmehr einem ehrgeizigen Kopfe als Mittel zum Zwecke diente. Herrschen, Macht besitzen wollte dieses Weib, das mit Schlangenklugheit die wechselnden Stimmungen herauszufühlen verstand und jetzt mit geistreichem Geplauder, jetzt mit sinnlichen Lockungen den königlichen Geliebten fesselte. So geschickt spann die Sirene ihr Netz, so sicher war sie ihrer Kunst, dass sie weder seinen gelegentlichen Zorn fürchtete, noch ihren eigenen Launen und Verstimmungen Zwang antat. Sie hatte in seiner Seele gelesen und wusste, was sie ihm ersetzte und wie sehr er sich davor fürchtete, wieder in das leere Treiben der flüchtigen Gelüste zurückkehren zu müssen. In der Tat ließ er sich von ihr tyrannisieren.

Wie nahe auch zuweilen der Bruch drohte, immer war er es wieder, der sie ihre Unentbehrlichkeit erkennen ließ. Dadurch wurde sie kühner gemacht, ließ sie sich allerlei Übergriffe in Intrigen und Machenschaften zuschulden kommen, deren er endlich überdrüssig wurde. Die Eifersuchtsszene, die sie mit einer Balletttänzerin auf der Bühne vor dem ganzen Personal ausfocht, war nur der zufällige Anlass zu der entscheidenden Tat, die ihren Pompadourgelüsten ein Ende bereitete. Er aber hatte die letzte Illusion verloren. Auch keine Mätresse von geistiger Bedeutung durfte er haben, wenn er nicht ein Schwächling werden wollte, denn von einem König geliebt zu sein, reizte die Herrschsucht, die Machtbegierde des klugen Weibes. Und diese Rita jetzt? Ein weißes Tierchen, hatte er sie in kosendem Scherze genannt. Das war das Rechte für den Mann, den der Königsreif um höheres Glück gebracht hatte! Ein anbetungswürdiger Engel oder ein weißes Tierchen! Denn jegliches Mittelding mit falschen Flügeln und echten Krallen ist vom Übel am Weibe!

War's ruchlos, ein Verbrechen an der Menschenwürde, was er an diesem willenlosen, von der Königsmacht hypnotisierten Kinde beging? Auch ein König will leben! Hatte man nicht auch ihm die Seele verstümmelt, ihm das Weib in Engelsgestalt verweigert und ihn gezwungen den menschlichen Lebensdurst statt aus reinem Quell, mit berauschenden Giften zu löschen? Was ist's denn überhaupt um die Seele eines solchen Geschöpfes mit hübscher Larve und rundem Leib?

Wie viel von dem großen Menschengeist steckt denn darin? Nur Aberglaube oder überspannte Ideologie können die absurde Meinung hegen, in jedem menschlichen Leibe wohne eine gleich kostbare Seele. Der schaffende Geist weiß nichts von solcher Gleichheit, wie er nichts weiß von gleicher Schönheit, von gleicher Kraft des Körpers. Wahnwitzig, wider alle Vernunft wäre der Gedanke, in dieser Kitty wohne eine Seele, gerade so wertvoll wie seine, des weisen, Großes schaffenden Königs!

Graf Lanzendorf war bald nach der Unterredung mit dem König im Frühstückszimmer des auf der Herrenseite gelegenen Hotel Metropole erschienen, wo sich täglich verschiedene Aristokraten und höhere Offiziere beim Wein zu finden pflegten. Auch der Hoftheaterintendant befand sich in der Gesellschaft. Die Rede kam auf die Sängerin Rita, und man berührte mit vorsichtiger Zurückhaltung das Stadtgespräch von der außerordentlichen Gunst, deren sie sich an allerhöchster Stelle erfreue. Einer der Herren wendete sich an den Intendanten mit der Frage:

»Rita ist wohl nur ein Theatername?«

»Allerdings«, lautete die Antwort. »Mit ihrem wirklichen Namen heißt sie Brettschneider.«

»Woher kommt sie?«, war die Frage eines anderen Herrn.

»Aus Wien!« Etwas vertraulicher fügte der Intendant hinzu: »Sie ist bei Verwandten erzogen worden. Ihre verstorbene Mutter war auch Sängerin. Scheint mir ein uneheliches Kind zu sein.«

Graf Lanzendorf entfernte sich früher als gewöhnlich aus der Gesellschaft. Nachdenklich langsam wandelte er durch die Parkanlagen des Villenviertels den Berg hinauf nach seiner Dienstwohnung in einem Nebenbau des hohen Schlosses. Kein Zweifel, diese Rita, die neue Favoritin des Königs, war sein eigen Fleisch und Blut. Er war damals Premierleutnant in einem preußischen Kavallerieregiment gewesen, als das Liebesverhältnis mit jener Sängerin Brettschneider spielte. Die längst vergangene Zeit trat ihm in deutlichen Bildern vor die Seele. Er war doch eigentlich so etwas wie der Verführer des schönen, in ihn verliebten Mädchens gewesen. Die Beziehungen zur Mutter waren bei der Geburt des Kindes schon abgebrochen und eine Abfindungssumme notariell festgelegt. Er hatte den Tod der ehemaligen Geliebten durch deren Bruder erfahren, mit der Mitteilung, dass das Kind bei diesem erzogen würde. Dann hatte er noch einmal davon gehört, vor zwei Jahren, als jener Bruder schrieb, die Abfindungssumme sei so ziemlich für die Erziehung des Mädchens aufgegangen und einen Zuschuss zu dessen weiterer Ausbildung für die Bühne erbat. Den Zuschuss hatte er gewährt, und damit waren die Beziehungen wieder erloschen.

So ein uneheliches Kind steht dem Gefühle nicht nahe, ist etwas Fremdes. Und doch gab es einen quälenden Stich, eine höchst peinliche Empfindung, dieses Wesen, dem man gewissermaßen wie ein Schuldiger gegenüberstand, als Favoritin des Königs zu wissen und noch dazu alles aus nächster Nähe ansehen, immer den pikanten Klatsch darüber anhören zu sollen. Zu ändern war an der Sache nichts mehr. Es wäre nur ein heilloser Skandal geworden, wenn er sich etwa als Vater bekannt und das Mädchen der fragwürdigen Stellung entzogen hätte. Er war dann nicht nur bei Hof unmöglich, sondern zerstörte auch den Frieden seiner glücklichen Ehe. Seine Frau war eine reiche Erbin aus altem Adelsgeschlecht gewesen. Durch sie war er nach Siebenburgen gekommen und das Ansehen ihrer Familie hatte zunächst veranlasst, dass sich die Aufmerksamkeit des Hofes auf ihn lenkte und so der preußische Offizier a. D., der »Fremde«, zum Ärger weiterer Kreise eine Stellung errang, die man als natürliches Monopol der Einheimischen zu betrachten gewohnt war. Um jeden Preis hätte er die Anstellung des Mädchens an der Hofbühne hintertrieben; aber er kümmerte sich sonst sehr wenig um die Theaterverhältnisse. Man hatte ihm da in irgend welcher zweifelhaften Absicht einen bösen Streich gespielt. Wusste sie, wer ihr Vater war? Sich ihr persönlich zu nähern und sie auszuhorchen, war eine zu peinliche Sache. Ließ er dies durch eine Mittelsperson besorgen, so riskierte er einen Vertrauensbruch und den Stadtklatsch. Schriftliches nach Wien zu schicken schien nicht minder gefährlich. Etwas musste aber noch zu rechter Zeit geschehen.

Man hatte in den Bekanntenkreisen des Grafen kaum von seiner Abwesenheit erfahren, als er schon wieder im Hotel Metropole beim Wein saß und erzählte, er sei in Vermögensangelegenheiten seiner Frau, die österreichische Industriepapiere in hohen Beträgen besitze, in Wien gewesen.

Eines Tages erhielt Kitty einen langen Brief ihres Oheims, der sie aus ihrer Verzauberung weckte und ihr die ganz vergessene Vergangenheit in Erinnerung brachte. Es war am Vormittag. Sie hatte eben ihr Bad genommen, saß von einem weiten, dunkelgrünen, mit dem grauen Federflaum einer kostbaren Vogelart verbrämten Schlafrock lässig umhüllt in den Fauteuil zurückgelehnt, und nippte bald an der Teetasse, bald kitzelte sie Muckerl, der sich in ihrem Schoß, das faltige Gesicht in ihren gebogenen Arm gelegt, recht bequem gebettet hatte, an den nackten Händen, dass er die Zähne fletschte und die Fingerchen abwehrend spreizte, als ihr der Brief überbracht wurde. Schon als sie die österreichische Marke mit dem deutlichen Stempel »Wien« sah, richtete sie sich so hastig auf, dass Muckerl erschreckt mit einem quiekenden Ton zu Boden sprang und aus einiger Entfernung, auf allen Vieren stehend, sie zornig ansah. In dem Briefe teilte der Oheim mit, er habe erfahren, in welchem Glanze sie lebe. Wenn auch zu einem Glückwunsche kein Anlass vorliege, wolle er ihr doch andererseits keine Vorwürfe machen. Sie sei jetzt selbstständig und habe mit ihrem Gewissen abzumachen, was sie tue. Daher habe sie keinerlei Einmischungen in ihr Treiben zu befürchten, obgleich die gute Tante bittere Tränen vergossen habe und sich nicht ohne tiefsten Schmerz in den Gedanken finden könne, dass die strengen Grundsätze eines soliden Bürgerhauses von ihr so überaus rasch mit Anschauungen vertauscht worden seien, in die sich eben eine schlichte Frau nicht so kurzweg finden könne. Cousine Therese habe von allem natürlich keine Ahnung, denn dieses unschuldige Kind wolle man nicht in solche Dinge einweihen. Er verzeihe ihr in väterlicher Milde, denn er begreife, wie groß die Versuchung gewesen sei. Dann hieß es weiter: »Du schmückst dich mit Diamanten und Edelsteinen, trägst kostbare Kleider und lebst in Freuden und Üppigkeit! Aber im Taumel der Pracht, die du mit einem Könige teilst, vergiss nicht ganz und gar derer, die die Beschützer und Fürsorger deiner verwaisten Kindheit gewesen sind und die so manches Opfer gebracht haben. Lasse für sie von deinem Überflusse nur einen kleinen Teil abfallen als Zeichen der Dankbarkeit! So stiftest du doch Segen und kannst auf gute Werke verweisen, die du getan.« Es folgte dann eine nähere Erörterung verschiedener dringlicher Bedürfnisse und der Ausdruck der sicheren Erwartung, dass sie nicht so herzlos geworden sein könne, um die Reichtümer, die ihr auf einen Wink in den Schoß fielen, sündhaft zu verprassen ohne derer zu gedenken, denen sie Dank schulde.

Geld wollten sie von ihr haben. Sie konnten haben, so viel sie begehrten, wenn sie ihr nur fern blieben, diese Gespenster der Vergangenheit, die ihr schon so weit entrückt gewesen waren und jetzt grauenhafter als je erschienen. Eine große Summe befahl sie der Gesellschafterin mit den Schecks zu erheben und nach Wien zu schicken. Sie selber schrieb keine Zeile dazu. Umgehend kam aber ein Dankbrief der Tante, mehr untertänig als verwandtschaftlich, dabei voll neugieriger Fragen, und mit dem Hinweise, dass der Onkel ihr jederzeit mit seinem Rat zur Verfügung stehe.

Kitty ergab sich ausgelassener Freude. Sie streckte die rote Zunge gegen das Fenster und drehte dazu eine Nase, bespuckte die Unterschrift der Tante und neckte mit dem Papiere Muckerl, bis dieser es in kleine Fetzchen zerrissen hatte. Sie wollte die Neugierde der Tante schon befriedigen und ihr schreiben, wie alles vor ihr katzbuckele und dienere, wie Frau Bachmann sie als ein Wunderwesen umschmeichle und Frau Kern ganz glücklich darüber gewesen sei, als sie einmal bei der Morgentoilette Zeugin sein durfte, wie die Damen der Aristokratie – so hatte man ihr erzählt – sich stritten, ob sie nur seidene Unterkleider oder auch solche von Linnenbatist trage und die Zahl ihrer schon fertigen oder in Bestellung befindlichen Roben, Negligés, Morgenröcke usw. auswendig wüssten, wie ihr Coupé, wenn es vor einem Magazin stand, von den Leuten umlagert werde, bis sie erschien.

Das Gewissen hatte dann und wann noch die beängstigende Gestalt der bösen Verwandten angenommen und in den Gedanken: »Wenn sie es wüssten!« kleideten sich die Zuckungen der Scham.

Die Quälgeister machten es jetzt wie alle Welt und verbeugten sich vor der schönen, goldspendenden Favoritin des Königs. Diese keifende Tante, diese garstige Base, der freche Vetter, der dumme Onkel – was waren sie denn jetzt? Nichts, gar nichts waren sie! Sie sollten nur kommen! Einen seidenen Strumpf schlug sie ihnen um die Ohren, das gebrauchte Badewasser ließ sie ihnen ins Gesicht schütten, eine unanständige Gebärde bekamen sie zum Abschied, wenn der Groom sie mit Fußtritten hinauswarf. Das war schön, das tat wohl, nicht gegen eine Perlenkette hätte sie das Behagen eingetauscht, das sie durchwärmte!

Der König ging nicht zart mit ihr um, ließ sie hart an, wenn etwas ihm nicht behagte, machte Späße, bei denen man die Tränen verschlucken musste, und nicht selten schmerzte der raue Griff wilder Gewalttätigkeit und ihr wurde ganz übel vor Angst, sie fürchtete sich vor seinen seltsamen Reden, seinen funkelnden Augen und seinem heißen Atem. Selbst wenn er liebenswürdig war, blieb er der spielende König und sie war die Sklavin. Aber gern tat sie den Sklavendienst; treten, schlagen durfte sie der Herr, denn sein Geld hatte die Peiniger ihrer Kindheit ohnmächtig gemacht.

In der nächsten Zeit befahl sie der König öfter nach Hirschhütte. Trotz der seinetwegen gemachten Veränderungen war es ihm nicht ganz behaglich im Hotel. In Hirschhütte aber, wohin sie von ihrer Kammerfrau begleitet, des Nachmittags im eigenen Coupé fuhr, wurden in Verbindung mit einem Champagnergelage jene Liebesnächte gefeiert, die ihn immer fester an das Mädchen zu ketten schienen.

Mit zorniger Ungeduld drängte er Dannenberg, endlich doch eine Villa für Kitty zu beschaffen, was diesem durchaus nicht gelingen wollte. Der Leibkammerdiener Bachmann, der in Hirschhütte die Herrschaften stets bei Tische allein und mit einer von der übrigen kleinen Dienerschaft wohlbemerkten, geheimnisvollen Vorsicht servierte, sah in diesem Unvermögen Dannenbergs einen Schicksalswink.

Seine eigenen Beobachtungen in Hirschhütte und die Mitteilungen seiner Frau, die Kitty bis ins kleinste auszuforschen wusste, belehrten ihn, dass der königliche Liebeshandel dem ein großes Vermögen einbringen konnte, der es verstand, sich nicht nur zum unentbehrlichen Vertrauten beider Teile, sondern gewissermaßen zum Regisseur der zuschauerlosen Szenerie zu machen. Ankauf und Ausstattung der Villa boten an sich die Gelegenheit zu einem »Schlag« und außerdem handelte es sich darum, dass man nicht etwa nach getanen Kupplerdiensten beiseite geschoben und Herr Dannenberg sozusagen der Marschall der königlichen Mätresse wurde, sondern dass man diese aussichtsvolle Rolle selber übernahm.

Die Sache war nicht einfach, denn Bachmann gehörte in seiner Stellung zu den »Hofbediensteten«, Dannenberg war »Hofbeamter« und es lag die Wahrscheinlichkeit vor, dass die Führung dieser Angelegenheiten einem mittleren Hofbeamten übertragen, der Kammerdiener aber der allerhöchsten Mätresse gegenüber zu subaltern erscheinen würde. In der Tat machte Frau Dannenberg bei Kitty eine Staatsvisite. Sie war eine ganz harmlose junge Frau, die, wenn auch von ihrem Mann geschoben, keine ernste Rolle in der Sache zu spielen vermochte. Ein Zeichen war aber doch gegeben, nach welcher Richtung gesteuert werden sollte.

Der Kammerdiener ging mit seiner Frau ernstlich zu Rat. Diese war viel zuversichtlicher als er.

»Die hab' ich an der Strippe!«, sagte sie lachend. »Vorläufig ist's nichts weiter als ein Grasaffe, der die letzte Ohrfeige noch nicht vergessen hat. Hat sich der stramme Balg in Jahr und Tag aber zur großen Dame geformt, wie's am Ende nicht ausbleiben kann, dann kommen die anderen längst zu spät.«

Der Gatte wurde durch ihren Optimismus zunächst nicht überzeugt, aber beide gingen mit höchstem Eifer daran, sich die kostbare Beute zu sichern.

Frau Bachmann war eine nüchterne, mit ihrem Manne in bequemer Häuslichkeit zufrieden lebende Frau ohne irgendwelche persönlichen bösen Neigungen oder bedenklichen Schwächen. Wenn sie früher gelegentlich dem Gatten bei diskreten Angelegenheiten kleine Hilfsleistungen getan hatte, so war das eben Herrendienst gewesen, über den man weiter kein Wort verlor. Aber bei Kitty nahmen die Dinge eine neuartige ernstere Wendung. Zunächst war die Machination mit den Geschäftsleuten freilich nicht mehr gewesen als der geschickte Griff einer klugen Frau, die eine günstige Gelegenheit beim Schopf fasste, und auch im Übrigen hatten nur Wichtigtuerei, Neugierde und eine Gewinnsucht kleineren Stiles sie an die Favoritin gefesselt. Jetzt kam System in die Sache.

Kitty befand sich bei ihrer Kammerfrau und Gesellschafterin in sorgsamster Pflege, sie war sehr freundlich mit ihr, kam aber bei dem leisetretenden, gezierten Wesen dieser vergilbten, süß lächelnden Person zu keiner wärmeren Vertraulichkeit des Verkehrs. Frau Kern wäre ihr sehr sympathisch gewesen. Die junge Frau bewegte sich gern und mit einem deutlichen Lustgefühl in der Atmosphäre des weiblichen Luxusses und der raffinierten Schönheitspflege, von der Kitty umgeben war. Aber eine scheue Unruhe, eine sonderbare Befangenheit in ihrem Wesen hinderte auch hier die eine volle Intimität. Gegen Frau Bachmann hegte Kitty zwar noch die heimliche Aversion, wie gegen eine Wächterin, diese schwand aber immer mehr, je deutlicher sie erkannte, dass die stets respektvoll höfliche, aber dabei heiter zutunliche Frau ihr bis ins kleinste hilfreich war, immer guten Rat und nützlichen Wink bereit hatte und dabei eine Unterhaltung zu führen wusste, die prickelnden Reiz hatte und von selbst zur engsten Vertraulichkeit führte.

In kurzer Frist sammelte sich zunächst durch Frau Bachmanns Vermittlung, dann von selbst weiter wachsend ein Kreis von Besucherinnen um Kitty, der auf etwa zwanzig Köpfe anwuchs. Sie richtete ein allwöchentliches Kaffeekränzchen für diese Freundinnen ein. Das Kaffeekränzchen gipfelte in einer von den feinsten Leckerbissen begleiteten Champagnererfrischung. Die Art dieser Gastfreundschaft und Kittys eigene, zwar streng sachgemäße, aber in ihrer Art doch höchst kostbare Toilette führten die geladenen Damen dazu, auch einen größeren Aufwand in ihrer Kleidung zu machen, und so bot schließlich das Kaffeekränzchen mit den reichgeputzten Damen an dem Tische, den zwei überaus kostbare Blumengefäße, Geschenke des Königs, wie sie auf jeden Ausflug nach Hirschhütte zu folgen pflegten, schmückten, ein glänzendes Bild. Die Damen gehörten zum geringeren Teil der Bühne an. Es befand sich eine wegen Ehebruches geschiedene Frau darunter, und von der Witwe eines Hofbeamten flüsterte man, dass ein älterer Kavalier schon seit Jahren die bescheidene Witwenpension um ein Erkleckliches ergänze. Aber die beiden Damen traten sehr gesetzt auf, und auch Fräulein Alten, die Sängerin, die gar kein Hehl aus ihren Beziehungen mit einem berühmten Maler machte, spielte sich so wenig auf die Emanzipierte hinaus, wie zwei andere junge Damen der Bühne, die Liaisons hatten.

Von den anderen Gästen, unter die auch Frau Kern zählte, war nicht das Geringste zu sagen. Es waren außer Frau Kern, Frauen von Hofbeamten, Hoftheaterkünstlern und Hoflieferanten. Kitty wurde wie eine Prinzessin mit zeremoniellsten Formen behandelt. Frau Bachmann spielte so etwas wie eine Oberhofmeisterin und hatte z. B. gleich zu Anfang dafür gesorgt, dass man sich die königlichen Geschenke vom »gnädigen Fräulein« zeigen lassen, aber nie Miene machen durfte, vom Geschenkgeber zu sprechen.

Der Kreis schloss sich sehr schnell zu näherer Vertraulichkeit zusammen. Kitty selbst sprach nicht viel, sondern verhielt sich vorzugsweise als Zuhörerin. Frau Bachmann war es, die den Anstoß zu einem sehr freien Gesprächston gab. Stockte einmal die starkwürzige Unterhaltung, geriet man auf sich zersplitternde, flaue Gesprächsstoffe, dann war es wieder Frau Bachmann, die, wie mit einem leichten Peitschenhiebe, mit einem kleinen Wörtchen die ruhenden Teufelchen wieder zum Tanzen brachte. Man war ja unter sich, ohne männliche Zeugen und ohne Zuhörerschaft, die Schaden nehmen konnte, und Frau Bachmann sagte bald dieser, bald jener Dame mit einem gutmütig lächelnden Augenwinken gegen Kitty: »Das macht ihr so viel Spaß!«

Wenn dann das rötliche Licht der Gaskronen mit harten, schweren Schatten spielte, der Geruch des Champagners, der Leckereien und der Blumen sich zu einem narkotisch süßlich die Nase umwehenden Gemengsel vereinte, jede das Bedürfnis zu einer bequemeren Haltung empfand, und der Fächer gegen die Hitze im Gesicht zu Hilfe gerufen wurde, sich die Sitze da und dort auf zwei Minuten leerten, da krochen aus verborgenen Winkeln der Seele verderbte Vorstellungen auf wollüstig lächelnde Lippen und machten sich in halblauten, scheuen Bemerkungen Lust, oder aber ein wilder Frevelmut kam über einzelne, die lechzende Begierde, die sengende Glut, die auf den Mienen der Genossinnen lag und aus ihren feuchten Augen flackerte, durch die eigene Zügellosigkeit zu reizen und zu schüren. Kitty, in ihrem Stuhl lässig zurückgelehnt, zuweilen langsam vom Champagnerglase schlürfend, den undurchdringlichen Sphinxblick auf die Sprecherin geheftet, die Zähnchen weisend, saß da in ihrer duftig koketten Kleiderpracht als das Symbol verbotener Gelüste und es war, als ob von ihrem Körper eine ansteckende Atmosphäre der Unkeuschheit ausströme.

Frau Bachmann verblieb meist noch eine kurze Weile bei Kitty, wenn die anderen sich zurückgezogen hatten, und fuhr dann in deren Equipage nach Hause. Auf dieser einsamen Fahrt wurde ihr zuweilen ein bisschen unheimlich. So etwas wie »Giftmischerin« klang ihr ins Ohr. Aber sie hatte »das Mädel« in fester Hand. Das rechte Klima war geschaffen, in dem es gedieh, wie es ersprießlich war.

4.

Die alte Gräfin Wurzhof war unrettbar krank geworden und ihr Ende binnen kurzer Frist unvermeidlich. Sie bewohnte unweit des Schlosses ein kleines Palais in einer stillen, eleganten Straße. Bachmann erfuhr, dass sie nur Seitenverwandte besitze, die sich in das Erbe teilen würden. Es hielt nicht schwer, sich hinlänglich darüber zu vergewissern, dass die Besitzung für die Mätresse des Königs sehr geeignet war. Er suchte dann Fühlung mit den Verwandten, die, wenn auch vornehm zurückhaltend, doch verrieten, dass sie im gegebenen Augenblicke die vorteilhafte Gelegenheit wohl wahrnehmen dürften. Bachmann wartete mit Ungeduld auf den sich verzögernden Tod der alten Dame, und wenige Stunden nach dessen Eintritt meldete er dem König, dass das Palais um dreihunderttausend Mark zur Verfügung stehe. Die alte Gräfin ruhte acht Tage im Grabe, als die Hofkasse den Befehl zur Auszahlung der Kaufsumme erhielt. Der Hofsekretär Dannenberg aber war völlig zerschmettert, da er zum König befohlen wurde und dieser ihm sehr kühl sagte:

»Das Haus, zu dessen Ankauf ich Sie beauftragt habe, ist mir jetzt von anderer Seite besorgt worden. Auch um das Weitere der Einrichtung und Instandsetzung brauchen Sie sich nicht zu kümmern.«

Man flüsterte in den Hofämtern über die Kostspieligkeit des Ankaufs. Auch in der Stadt verbreiteten sich Redensarten über das Ehepaar Bachmann. Man munkelte von fünfzigtausend Mark, die der Leibkammerdiener bei dem Handel eingesteckt habe, und als man nach kurzer Frist von den Aufträgen hörte, die für die innere Einrichtung gegeben worden waren, unterhielt man sich über die Trinkgelder, die auch da wieder für ihn abgefallen sein mochten.

Aber der Leibkammerdiener und seine Frau wurden von alledem wenig belästigt, vielmehr sahen sie sich von den meisten Leuten, mit denen sie in Berührung kamen, und nicht zum geringsten von der Geschäfte treibenden Bürgerschaft als höchst wichtige Persönlichkeiten geschätzt, denn jeder hoffte, auch wenn er nicht Hoflieferant war, früher oder später sein Teilchen an der so großartig einsetzenden Ära der neuen Favoritin mitzubekommen. Frau Bachmann zumal, die »intime Freundin des gnädigen Fräuleins«, wie sie sich selbst bezeichnete, wurde nicht nur in den Magazinen hofiert, sondern mit untertänigen Briefen und mit persönlichen »Aufwartungen« von Geschäftsleuten förmlich bedrängt, die ihre Vermittlung anriefen, um »auch etwas« dem gnädigen Fräulein zur Probe liefern zu dürfen. Man rühmte es auch lebhaft, dass die Bestellungen alle am Orte gemacht und nichts direkt aus Paris oder London bezogen wurde.

Der König ließ sich über das kleinste Detail der Neueinrichtung des gekauften Palais berichten, und Bachmann hatte viel unter seiner Ungeduld über die Langsamkeit der Arbeiten zu leiden. Streng verboten war es, Kitty, die nur wusste, dass ein Haus für sie gekauft war, irgendwelche nähere Mitteilungen zu machen.

In den ersten Tagen des April wurde dem König gemeldet, dass das Palais zur Aufnahme der neuen Herrin bereit sei. Er bestimmte den Vorabend des bevorstehenden Geburtstages Kittys zu deren Übersiedlung.

Abends acht Uhr verließ diese in Begleitung ihrer Kammerfrau und in großer Toilette das Hotel Viktoria, nachdem sie sich herzlich von Frau Kern und sehr freundlich von deren Gatten verabschiedet hatte. Mit dumpfem Rollen fuhr der Wagen in die säulengeschmückte, von einer mächtigen, vergoldeten Laterne erleuchtete Vorhalle. Ein Portier mit breitem, rotem, silberbordiertem Bandelier und großem Hut hob den Stab und stieß ihn klirrend auf die Steinfliesen. Ein Lakai, braun livriert, wie die Diener ihres Gefährtes, aber mit weißer Perücke und roten Plüschhosen über den weißen Strümpfen, riss den Schlag behände auf und bot ihr mit tiefer Verneigung die Hand zur Stütze beim Aussteigen. Herr Bachmann stand da und stellte ihr einen glatt rasierten Herrn, gleich ihm im schwarzen Frack und schwarzseidenen Escarpins, als ihren Haushofmeister vor. Dieser Haushofmeister schritt ihr voraus, der Lakai folgte ihr. So ging es die breite, teppichbelegte Treppe empor, an deren Wänden rosenfarbene elektrische Blumenkelche leuchteten. Jetzt blieb der Haushofmeister vor einer hohen Flügeltüre stehen, der Lakai nahm ihr den pelzverbrämten dunkelblauen Samtumhang ab; ein Flügel wurde geöffnet; sie trat in einen rosig durchleuchteten goldglitzernden Saal ein, und ihr Blick fiel auf das lebensgroße Ölgemälde des Königs, wie er dastand, den hermelingefütterten Purpur um die Schultern, Zepter und Krone neben sich auf einem Tische. Die Türe hatte sich geräuschlos hinter ihr geschlossen. Sie starrte auf das Bild, dessen goldener Rahmen funkelte und gleißte.

»Guten Abend, mein Kind! Ich begrüße dich in deinem neuen Heim!«, klang es an ihr Ohr, und des Gemäldes Urbild streckte ihr lächelnd die Hand entgegen. Sie knickste tief und küsste die dargereichte Hand. Der König strich ihr über das Kraushaar, in dem ein kleiner Brillantstern funkelte, und sagte:

»Gratulieren werde ich dir später! Jetzt will ich dir zunächst dein Geburtstagsgeschenk zeigen. Sieh dich einmal um! Gefällt es dir?«

Goldverziertes Holzgetäfel, schwere Brokattapeten, schlankfüßige Nipptische, zierliche Sofas in mattfarbiger Seide mit buntbestickten Kissen darauf, kostbare Vasen auf hohen Gestellen, Eisbären- und Tigerfelle über dem dicken Smyrna, duftige Spitzengardinen unter reich befransten Draperien, das alles streifte Kittys Blick, um wieder zurückzukehren zu dem Bilde vom Könige mit dem Purpurmantel.

»Findest du's ähnlich?«, fragte der König.

»Ja, Majestät!«, flüsterte sie schüchtern.

»Bist ja ganz sonderbar! Was bedrückt dich denn?«, meinte dieser und zog sie schmeichelnd an sich. »Fast möcht' ich glauben, das Staatsporträt da von mir sei dir unbehaglich. Ich wollte meiner kleinen Kitty damit sagen, dass sie von nun ab die anerkannte, von jedem demnach zu respektierende Dame des Königs ist und dass ich die, wie ich höre, schon üblich gewordene Bezeichnung ›das gnädige Fräulein‹ zur offiziellen gemacht habe mit der persönlichen Anrede ›Euer Gnaden!‹ Habe auch die Weisung erlassen, dass du mit morgigem Tage nicht mehr dem Theaterverbande angehörst.«

Kitty schickte sich zu einem neuen Knickse an.

»Jetzt wollen wir uns weiter umsehen!«, sagte der König, ihre Bewegung hemmend. »Komm mal, Geburtstagskindchen!« Das knisternde Kleid wallte über des Königs Schulter und Arm nieder. Er hatte sie mit kräftigem Griff hochgehoben. Auf sein Geheiß stützte sie eine Hand leicht auf seine linke Schulter. So trug er sie durch den anstoßenden kleinen, in kokett lichtem Rokoko gehaltenen Salon nach dem darauf folgenden Musikzimmer. Dort tändelten seine starken Arme noch mit dem ängstliche Rufe ausstoßenden Spielzeuge, das schließlich mit wie Fittiche rauschenden, und eine bunte Wolke bildenden Röcken halb springend, halb gleitend den Boden gewann. Nunmehr setzte sich der König an den Flügel, der dem Stile des Zimmers entsprechend auf hellgelblicher Politur Blumen und Putten gemalt trug. Er war ein geschulter tüchtiger Pianist und mit mächtigem Anschlag, in temperamentvoller Fingerfertigkeit erprobte er den Wert des Instrumentes.

Nachdem noch ein Boudoir, das Schlafzimmer und das Badezimmer besichtigt waren, meinte der König:

»Jetzt ist es Zeit, deine Küche zu erproben!«

In dem kleinen Speisezimmer mit den hellgrünen, silberumrahmten Seidentapeten und den entsprechenden, im Empirestil gehaltenen Möbeln, bediente der neue Lakai, überwacht vom Haushofmeister. Auf den silbernen Tellern gewahrte Kitty ihr Monogramm. –

Das Kaffeekränzchen wurde in der bisherigen Weise fortgesetzt. Bei der ersten Zusammenkunft bestaunte die Gesellschaft die Einrichtung des Palais. Die Neugierde galt besonders den intimem Gemächern, zunächst dem Schlafzimmer mit dem Prachtbette. Auf der hohen Kopfwand sah man in bunter Einlegearbeit Giorgiones schlafende Venus, das Fußteil schmückte in gleicher Weise eine Nachbildung von Tizians Danae. An den Kanten und in der Mitte saßen goldene Girlanden tragende Amoretten. Die Längsstücke boten Medaillons mit den drei Grazien auf der einen, tanzenden Bacchantinnen auf der anderen Seite. Diese Bildwerke waren von Kompositionen, die Blumen, Tauben und Genien mit Libellenflügeln darstellten, umrahmt. Ein Baldachin aus schwerer weißer, mit goldenen Blumen durchwirkter Seide überwölbte das Bett und auf seinem kuppelartigen, mit goldenem Tressenwerk geschmückten Schlussteile schwebte eine Anordnung von weißen Straußenfedern. Frau Bachmann lüftete etwas die weißseidene, mit reicher Goldstickerei, deren Mitte Kittys Monogramm bildete, versehene Überdecke und zeigte die Kissen mit den sie umrandenden Antikspitzen. Die dem Baldachin entsprechende Seidentapete war über die Decke zeltartig in Falten gespannt und umschloss dort ein Gemälde, das das Urteil des Paris nach Rubens darstellte. Eine kleine Chaiselongue, ein Fauteuil und zwei Puffer waren mit denselben weißgoldenen Seidenüberzügen ausgestattet. Neben der Chaiselongue stand ein mit dem Bette übereinstimmend eingelegtes Tischchen mit einem zierlichen, Alt-Meißner Frühstücksservice für zwei Personen; auf dem Nachtschränkchen, dessen Türe ein Amor schmückte, der den Finger an den Mund hielt, war ein kleines Lämpchen mit rotem Seidenschirm angebracht. In einer Ecke aber erhob sich auf schlanker, gelber Marmorsäule die dunkle Bronzefigur eines springenden nackten Weibes mit einem Zweige in der Hand, an dem mehrere elektrische Kelche wie Blumen hingen. Ein großes schwarzes Fell lag vor das Bett gebreitet. Nur eine Portière trennte das Bade- und Toilettenzimmer vom Schlafraume. Diesem ähnlich war es mit rosenfarbenem und himmelblauem Seidenstoff zeltartig überspannt. Dazwischen waren lange schmale Spiegel so eingefügt, dass jede der eintretenden Damen zunächst ganz verwirrt wurde von dem Spiegelspiel, das, wie sie sich auch wendete, ihr die eigene Gestalt stets gleichzeitig von vorn, rückwärts und von beiden Seitenansichten vor Augen führte.

Die Badewanne war aus rosenfarbenem, blaugemusterten Porzellan und auf drei Löwenklauen ruhend in ein Gerüst von Silber mit goldenem Zierwerk gebettet. Ihr Rückteil bildete eine Muschel, aus deren Rand ein goldener Amor den Bogen spannte. Auf der Seite der Wanne war die Stoffdekoration bis zu gewisser Höhe durch entsprechende Fayenceplatten ersetzt. Der Duschapparat mit allen Duscharten hatte eine Spiegelfläche als Hintergrund, und ein muschelförmiges, der Wanne gleichartiges niederes Becken zu Füßen. Auf einem großen Marmortisch lagen wohlgeordnet die verschiedenartigsten Toilettevorrichtungen, reich gestickter Tüll bedeckte das Tischchen, auf dem Kittys kostbares Silberservice glänzte. Ein zierlicher Lehnstuhl mit rosenfarbener Seide und gesticktem Tüll überzogen stand davor. Auch ein breites Ruhebett war von solcher Stoffanordnung bedeckt.

Am Abend, als die elektrischen Lampen brannten, lud Kitty ihre Gäste zur Besichtigung eines Raumes ein, den sie noch nicht gesehen hätten und führte sie zunächst in das ihnen schon bekannte aus Rokoko und japanischem Geschmack zierlich gemischte Boudoir. Dort schob sie einen orientalischen Behang aus Rohr mit Glasperlzierat zurück und die Stufen emporsteigend betrat die Gesellschaft einen Raum, eben groß genug, dass man dicht nebeneinander auf den ausgebreiteten Tierfellen verschiedener Art stehen konnte. Vor ihnen, von farbenbunten, wie in einem Treibhaus duftenden Blumen und hohen Blattpflanzen umgeben, dehnte sich eine prächtige Lagerstätte von ungewöhnlichem Umfang aus. Aus schwellenden Polstern, Kopfrollen und kleinen Kisschen aufgebaut, war es in roter, blumengestickter Seide mit goldgelbem Plüsch und mattgetöntem Spitzenwerk ausgestattet, und auf der Kopfseite stieg, von zwei gekreuzten Goldstangen gehalten, eine malerische Draperie der drei Stoffarten des Lagers auf. Die Spitze der Goldstangen aber schmückten Wedel aus weißen Strauß- und bunten Papageienfedern. Ein mit Perlmutter eingelegtes Tischchen, auf dem ein schwersilbernes kunstvolles Rauchservice stand und ein niederes Sitzpolster befanden sich neben dem Lager.

Als die Anwesenden auf eine Weisung nach oben blickten, sahen sie ein offenbar von innen beleuchtetes Kuppelgewölbe, das dem tiefblauen Nachthimmel nachgestaltet war und funkelnde Sterne darauf, die sich zur Krone und zum königlichen »L« ordneten. Aus der Herme einer Bacchantin von weißem Marmor plätscherte Wasser in ein muschelförmiges Becken. Die Wände gaben, soweit sie nicht mit Pflanzen verstellt waren, in von Blumenmalerei umrahmten Spiegelscheiben das Bild des Raumes mehrfach wieder, ähnlich dem Badezimmer. Ohne dass man es ihnen sagte, wussten die Gäste, wo sie sich befanden. Lautlos ließen sie die Blicke die Wände entlang, zur Kuppel, nach dem plätschernden Brunnen schweifen, um immer wieder sich dem blumenumdufteten, spitzenbesetzten Prachtlager zuzuwenden und nur flüchtige Begegnungen der Augen deuteten die Gedanken an. Jetzt streckte sich Kitty mit einer raschen Bewegung darauf aus, den Gästen zulachend, sprang dann wieder auf und sagte zu der zunächststehenden Frau Kern:

»Probieren Sie's einmal, wie bequem mollig sich's da liegt!«

Frau Kern setzte sich an den Rand und betastete die Polster. »Strecken Sie sich aus! Sie müssen sich ausstrecken!«, rief Kitty, und jene wagte nicht zu widerstreben. Einen Augenblick zog sie die Beine empor, dann aber erhob sie sich rasch. Glühend rot im Gesicht, gesenkten Blickes, gesellte sie sich wieder den anderen Damen.

In dem Verkehre des Königs mit seiner Favoritin hatte sich rasch ein besonderes Zeremoniell ausgebildet. Zumeist kam er am späten Abend nach Schluss des Theaters zu ihr. Sie empfing ihn im kleinen Salon im geschlossenen Deshabillés, die in eigenartigen, vielfach wechselnden Formen ein Gemisch von Robe, Schlafrock und Negligé und mit einem ebenso mannigfachen Wechsel kostbarster Unterkleider verbunden waren.

Im kleinem Salon nahm man den Tee mit einem Imbiss. Dann ging man ins Musikzimmer, wo der König sich teils von Kitty, deren Stimme im engeren Raume sehr gut klang, Opernarien und Konzertlieder vortragen ließ, teils selbst nach den für ihn bereit gehaltenen Musikalien spielte, während sie die Notenblätter umwendete.

»Sekt!«, warf der König nach einer Weile hin. Kitty setzte die elektrische Klingel in Bewegung. Wenige Minuten darauf ertönte ein Gegenzeichen und man schritt durch das Boudoir nach dem Kuppelgelasse. Wenn der König bei Kitty dinierte, erschien er im Frack, sie trug große Toilette, und unter Leitung des Haushofmeisters servierte der Lakai in Galalivree. In ihrer Equipage kehrte der König zu später Nachtzeit ins Schloss zurück.

Im Frühjahre ergab sich eine Reihe von Anlässen, die ihr ihre Stellung in einem neuen Lichte zeigten. Da war zunächst der feierliche Schluss der Parlamentssitzungen. Vom Hotel Viktoria aus sah sie die prunkvolle Auffahrt des Königs, der in großer Generaluniform mit allen Orden im achtspännigen, ganz aus Gold und Spiegelscheiben gebildeten Galawagen saß. Der Oberststallmeister in goldstrotzendem rotem Frack, gefolgt von Stallmeistern und Reitknechten in reichen Livreen, endlich Edelknaben zu Pferde in der Tracht des vorigen Jahrhunderts, mit goldgestickten weißen Leibröcken, Spitzentüchern am Halse und Spitzenmanschetten, dreieckige Federhüte auf den anmutigen Jünglingsköpfen, umgaben den Wagen, an dessen Schlägen zu beiden Seiten je vier Hellebardiere in weißgelben, seidenen Wämsern und federgeschmückten Hüten spanischer Zeit in feierlichem Paradeschritt gingen. Die acht Schimmel, denen zwei Vorreiter auf Schimmeln vorausritten, wurden von Lakaien mit langen weißgelben Livreeröcken, roten Westen und Kniehosen geführt und vom himmelhohen Bock aus von einem Kutscher gelenkt, der wie die Lakaien eine mächtige Allongeperücke unter dem Dreispitz trug. Die Mähnen der Pferde waren mit goldenen Schnüren durchflochten, das Geschirr aus weißem Leder und rotem Samt war reich mit Gold beschlagen, und aus den Köpfen trugen die Tiere weiße Straußenfedern, wie sie über ihrem Bette schwebten. Drei Lakaien standen rückwärts auf dem Wagen. Vierspännige Galawagen der obersten Hofchargen folgten. Der Prachtzug war vorn und hinten von den Trabanten zu Pferd in ihrer hellblauen Uniform mit weißen Reithosen, hohen eleganten Stiefeln und silberblinkenden Helmen mit weißem Busche geleitet.

Brausende Hochrufe der dichten Volksmassen begrüßten den feierlich langsam sich dahinbewegenden Zug und eine heftige Erregung bemächtigte sich Kittys bei dem Anblicke. Glühend heiß war ihr im Gesicht, der Atem stockte und sie zitterte am ganzen Körper. Zum ersten Male sah sie den Herrn in seinem vollen Glanze. Welch sonderbares Gefühl! Er war ja immer der König, der Gebieter. Aber in solcher Herrlichkeit, so hinausgehoben über alles, was anderer Menschen Art war, so gottähnlich den zu sehen, dem sie, noch nicht zwölf Stunden waren verstrichen, in der nächtlichen Stille ihres Kuppelgelasses Atem gegen Atem im Arme gelegen hatte, mit dem sie, wenn auch nur Sklavin, Spielzeug, doch – sie fühlte es mit mächtigem Instinkt – so vertraut war, wie niemand, niemand von diesem geputzten Trosse, von dieser tausendköpfigen Menge: Das war schwindelerregend, sinnverwirrend, da wuchs das Märchen, in dem sie lebte, ins Uferlose, ins nicht mehr Ausdenkbare. Und doch war der Eindruck noch überwältigender, als acht Tage darauf die übliche Frühjahrsparade der Siebenburger Garnison stattfand.

Verlegen, furchtbar verlegen wurde sie, als bei ihrer Einfahrt ins Paradefeld ein berittener Gendarm vor ihr salutierte und voraussprengend im Gewirr der Wagen mit lautem Befehle ihrer Equipage Raum schuf, so dass sie allein durch eine Gasse rechts und links sich mühsam drängender Gefährte der vornehmsten Aristokratie in flottem Trabe auf freier Bahn durchfuhr. Als aber von weit her die Hochrufe an ihr Ohr näher und immer näher kommend tönten, die Kommandos über das weite Feld erklangen, die Adjutanten im Carrière auf dem Rasen dahinjagten, wie ein Blitz das Ziehen der Säbel und das Präsentieren der Gewehre durch die Reihen zuckte, auf allen Seiten die Trommler und die Regimentsmusiker den klirrenden, dröhnenden Königsmarsch spielten, die auf den Wagenkissen stehenden Damen mit den Taschentüchern winkten und, gefolgt von einem großen Haufen reich uniformierter Offiziere, der König heransprengte, ganz nahe an ihr vorbei, und unauffällig, ihr aber doch wohl bemerkbar, ihren ehrerbietigen Gruß, besonders, mit einem leisen Lächeln, erwiderte, da kamen ihr die Tränen in die Augen, so übermächtig war der Sturm der Empfindungen.

Die Saison schloss mit dem großen Blumenkorso, der in den letzten Tagen des Mai unter Leitung des vornehmsten Sportklubs »Hallali« stattzufinden pflegte. Wenige Tage darauf gab der Hof durch seine Übersiedlung nach der unfernen Sommerresidenz Dianenlust der Aristokratie das Zeichen zum allgemeinen Aufbruch nach den Landgütern. Man sprach viel darüber, dass die Königin diesmal den Korsotag gar nicht abwartete, sondern schon vorher Dianenlust mit den königlichen Kindern bezog, und die allgemeine Meinung brachte den außergewöhnlichen Vorgang in Zusammenhang mit dem nicht minder ungewöhnlichen Geräusch, das sich an die Beziehungen des Königs zu Fräulein Rita knüpfte. So unbeliebt die Königin im Allgemeinen war, fanden sich doch nicht wenig Leute, die mit scharfen Worten die nunmehr zum öffentlichen Ärgernis gewordene Mätressenwirtschaft verurteilten. Auch bei

Hofe selbst fühlte man sich in einer peinlichen Lage. Die Königin konnte man nicht einfach ignorieren, irgendeine Antipathie gegen die königliche Liebeslaune zu offenbaren, war aber höchst inopportun, obwohl gerade die höheren Hofchargen sehr verstimmt über die ungebührliche Stellung waren, in der der Leibkammerdiener sich immer mehr zu befestigen schien. Zu Parteiungen und bestimmten Strömungen kam es jedoch nicht, weil die einflussreichste Persönlichkeit, der Hofmarschall Graf Lanzendorf, sich völlig reserviert verhielt und auch auf diplomatische Ausforschungen seiner Gesinnung mit einer apathischen Kühle antwortete, als sei ihm die ganze Geschichte höchst gleichgültig. Wenn der mächtigste Höfling jede Parteinahme mit so leichter Gebärde ablehnte, dann war es für die anderen nicht guter Ton sich nach irgendeiner Richtung zu erhitzen und obwohl mancher im Stillen sich überlegte, was durch diese oder jene Parteistellung zu gewinnen sein möchte, nahm man außerhalb der Hofsphäre stehenden Leuten gegenüber die vom Grafen vorgezeichnete Miene an.

Der Blumenkorso begann auf der Herrenseite am Fuße des Schlossberges und zog sich durch das Villenviertel nach der Königsau, an deren Endpunkt, dem großen Rondelle, das Fest in der Blumenschlacht gipfelte. Dann zog man über die eiserne Brücke, fuhr noch das Ufer der Bürgerseite entlang und über die Chlodwigsbrücke nach dem Ausgangspunkte zurück. Ein Komitee von Kavalieren in rotem Reitfrack sorgte für die Ordnung, an bestimmten Stellen waren Musikcorps in flaggengeschmückten Holzpavillons aufgestellt. Das Fest der Vornehmen trug zugleich den Charakter eines Volksfestes. Dichte Massen von Zuschauern wogten die ganze Strecke entlang auf und nieder und füllten die Gärten der buntbewimpelten Restaurants. Neben den zahlreichen Blumenhändlerinnen, die auch jedem Zuschauer Gelegenheit boten, sich und seine weibliche Begleitung zu schmücken, belebten Hausierer mit Kinderfähnchen, farbigen Ballons und anderem Kleinkram das Volkstreiben. Eine heitere Sonne glänzte über der prächtigen Stadt und spielte mit dem jungen Grün der mächtigen Bäume in der Königsau, in deren lichtdurchzittertem Schatten helle Kleider, bunte Sonnenschirme als großstädtische Frühlingsblüten leuchteten und lachten. Jetzt ging eine murmelnde, stauende und drängende Bewegung durch die harrenden Massen. Mehrere Kavaliere des Komitees machten, in leichtem Galopp vorreitend und von zwei berittenen Schutzleuten unterstützt, den Fahrdamm frei. Die ersten Wagen rollten heran. Zunächst war die Reihenfolge noch locker, bald aber verdichtete sie sich zu einer geschlossenen Kolonne, die nun kein Ende mehr zu nehmen schien. Zu der Mehrzahl der Zweigespanne gesellten sich Viererzüge und zierliche Einspänner, Tandemgefährte, Mail-Coaches und russische Dreigespanne. Neben den immer wieder auftauchenden rotbefrackten Herren des Komitees mischten sich auch andere Reiter in die Wagenreihe, mit den Damen plaudernd, deren kostbare Frühjahrstoiletten sich in duftige Blumengirlanden betteten. Da war eine Equipage zu einem Blumenkorb umgewandelt, dort saßen die Insassen unter einer von bunten Sträußen gebildeten Laube; hier war es die verschwenderische Kostbarkeit des Blumenwerkes, dort der geschmackvolle Einfall, der die Menge applaudieren ließ. Jetzt kam der König im Daumontzug, die Dienerschaft in den gelbseidenen, silberbetressten Galajacken mit Veilchensträußen an der Brust, wie die Pferde an den Geschirren; veilchenumwunden waren die Radspeichen, eine mächtige Veilchengirlande umrahmte den ganzen Wagen. Dem königlichen Wagen gaben sechs Herren des Komitees das Ehrengeleite. Sonnenschein, lichtes Grün, Blumenpracht, schöne Frauen, glänzende Livreen, stolze Pferde, jubelnde Musik, der Hornklang der Mail-Ceaches dazwischen, die Spitzen- und Stangenreiter des königlichen Gefährtes in dem heiteren Gelb mit den in der Sonne flimmernden Silbertressen – man war lustig und wollte dem König, der die Lustbarkeit verherrlichen half, zeigen, dass man ihm wegen seiner jüngsten ehelichen Misshelligkeiten nicht weiter grolle. Etwa fünf Minuten später pflanzte sich durch die Reihen der Tausende das ununterbrochene, prasselnde Geräusch eines mit Bravorufen untermischten Händeklatschens fort. Im leichten, niedrigen, von zwei Rappen gezogenen Wägelchen saß Kitty. Die Pferde, die braunlivrierten Diener und die Radspeichen waren mit Goldregen geschmückt, zwischen dem feuerrote Bändchen flatterten. Ganz eingebettet in Goldregen, vor sich einen mit roter Seide überzogenen Korb, der dieselbe Blüte enthielt, trug Kitty einen roten Sonnenschirm, ein kleines Kapothütchen von braunem Spitzengewebe mit einem Goldregenausputz, eine braune Toilette mit gelben Brustflügeln, einer blusenartig faltigen roten Weste und hohem gelben Gürtel. Auf der roten Weste steckte ein Goldregenbusch. Das kleine Hütchen ließ das Kraushaar, das fast der Farbe des Goldregens glich, größtenteils frei und hocherrötend über die Huldigung, die großen blauen Augen starr vor sich gerichtet, aufrecht in gelbem Blumenbette sitzend, sah sie so drollig lieblich, so kindlich vollwangig, so maienhaft aus, dass sie vor allem die Frauen bezauberte, die am heftigsten in die Hände patschten und stellenweise sogar mit den Taschentüchern winkten. Es kam wohl auch das Wort »die neue Danaë« in Umlauf, und man witzelte an manchen Stellen über den Jupiter, der die kleine Komödie wohl selber erfunden habe; es gab auch Sittenrichter, die sogar eine freche Schamlosigkeit in dieser öffentlichen Andeutung der Danaërrolle sehen wollten. Aber die große Menge wusste von solchen gelehrten Auslegungen nichts, sondern war entzückt von dem lieblichen Anblicke, und etwas wie Trotz gegen die Königin, die mit ihrer Schmollerei einen Misston in die allgemeine Freude hatte bringen wollen, mischte sich in das Wohlgefallen, um die Huldigung noch intensiver zu machen.

Am großen Rondelle bog der königliche Wagen aus der Korsoreihe aus, und der König betrat mit einigen Hofkavalieren eine kleine, von rotem Stoffe überspannte Tribüne, die einen Überblick über den ganzen Platz gestattete. Die Equipagen wurden am Eingang des Rondelles von zwei Komiteereitern nach rechts und links verteilt, so dass sie den Kreis umfahrend sich begegneten. Unter den Klängen der Musik bewarf man sich dann von Wagen zu Wagen mit Blumen, die Umfahrt mehrmals wiederholend. Den Teilnehmern des Korsos wurde Kitty erst jetzt allgemein sichtbar. Anfangs machten sich die Insassen der an ihr vorüberfahrenden Equipagen nur gegenseitig aufmerksam auf sie, wendeten ihr neugierige Blicke zu und machten Bemerkungen. Bald aber flogen ihr, zunächst von mit Herren besetzten Gefährten und von Reitern, die, von den Händlerinnen immer wieder neuen Vorrat kaufend, zwischen den Wagen hin und her sprengten, Blumen zu; dann fassten auch einzelne Damen Mut. Sie ahmte den andern nach, schleuderte die von roten Seidenbändchen umwundenen Goldregenblüten mit rührig kräftigem Händchen, vergnügt lächelnd durch die Luft und griff behend nach den ihr zugeworfenen Blumen. Der Anblick, den sie bot, fesselte die vornehmen Herrschaften ebenso, wie vorher die zuschauende Menge und, wenn auch die Damen im Allgemeinen sich nur mit einer lächelnden Bewunderung und freundlichen Bemerkungen begnügten, so beeiferte sich umso mehr die Herrenwelt, sie mit einem förmlichen Blumenregen zu überschütten, der auch die Diener aus dem Bock und die Pferde traf, so dass der Kutscher Mühe hatte, die unruhig werdenden Tiere zu zügeln. Die Blumenhändlerinnen erkannten die vorteilhafte Gelegenheit und liefen zur Seite und hinter den Wagen mit ihrer Ware her. Die Insassen anderer Equipagen fuhren langsam, um das Schauspiel dieser Huldigung zu sehen, so dass wiederholt Stauungen um sie herum entstanden. Während in solchen Augenblicken der Blumenregen erst recht dicht fiel, erhoben sich die Damen in den Equipagen von ihren Sitzen, stiegen sogar auf die Wagenkissen, und aus der am Bürgersteig sich Kopf an Kopf drängenden und schiebenden Menge ertönten Hurrarufe. Der Korb Kittys war längst geleert und sie hatte ihren Diener vom Kutschbocke geschickt, neuen Vorrat zu beschaffen. Da, als dieser mit dem frisch gefüllten Korb wieder bei ihr anlangte, waren auch alle Blumenmädchen mit Goldregenblüten versorgt, von allen Seiten flogen sie ihr in den Wagen und auch die anderen Equipagen wurden damit beworfen. Der Goldregen war plötzlich die Blume des Tages geworden. Als dann die Blumenschlacht endete und die Wagenkolonne über die eiserne Brücke nach der Bürgerseite kam, war Kittys Equipage von einer Reiterschar umringt, die in den Knopflöchern der Röcke und zum Teil auch im Zaumzeug der Pferde die Goldregenblüten stecken hatte, und diese Kavalkade gab ihr die ganze übrige Strecke der Korsofahrt das Geleite. Auf dieser Strecke, im Mittelpunkt des Großstadtverkehrs, nahe den altstädischen Quartieren, sammelten sich unter den Zuschauern viel mehr Angehörige der niedersten Volksklassen an, als in der Königsau. Als diese Leute nun das von Reitern umgebene liebliche Mädchen in dem schönen Gefährte sahen, brachen sie in johlende Hochrufe aus, und die Polizisten konnten es nicht hindern, dass sich von der Menge ein mit lautem Geschrei dem Wagen nachlaufender Haufen jungen Volkes loslöste.

In den nächsten Tagen sprach man in der ganzen Stadt von nichts anderem, als von Kitty und ihrem jedermann überraschenden Triumph. Dass dieser durch eine künstliche Mache vorbereitet gewesen sei, glaubten nur einzelne überkluge Pessimisten. Wohl aber war die vorherrschende Meinung, dass das nach manchen Richtungen bedenkliche Schauspiel durch die Beteiligung der Königin an dem Feste vermieden worden wäre. In der Aristokratie war man sehr unwillig darüber, dass an der demonstrativen Kavalkade sich junge Herren aus den besten Familien beteiligt hatten. In den Hofkreisen herrschte eine Art Bestürzung über den Vorgang, und selbst Graf Lanzendorf zeigte sich etwas verstimmt.

Der König hatte nach dem Korsofeste die ganze Nacht im Palais der Rita verbracht, war am folgenden Tage ungewöhnlich heiterer

Laune gewesen und hatte Ordre gegeben, dass seine Übersiedlung nach Dianenlust noch um acht Tage aufgeschoben sei.

Während Kittys Fotografien in allen Schaufenstern zu sehen waren, bemächtigte sich der Geschäftsgeist ihrer Volkstümlichkeit, und zwar waren es die Bezeichnungen »Danaë« und »Goldregen«, mit denen auf sie hingewiesen wurde. Namentlich bei allen möglichen Damenartikeln vom Glacéhandschuh bis zum Badeschwamm wurde durch solche Bezeichnungen ein Zusammenhang mit ihr gesucht. Aber auch für Zigarren und Liköre wurde diese versteckte Verbindung herangeholt, und in den Bierkonzerten spielte man eine Danaëpolka und eine Goldregenquadrille. Schließlich tauchte in einem der äußeren Viertel auch ein Restaurant »Zur neuen Danaë« auf. Neben dieser versteckt auf sie deutenden Geschäftsmode war aber vom Korsotage an eine Bezeichnung für sie in Umlauf gekommen, die rasch in allen Ständen zur Gewohnheit wurde. Man sprach weder von der Rita, noch von der Mätresse, Geliebten oder Favoritin, erst recht nicht vom offiziellen »gnädigen Fräulein«, sondern sie war für die ganze Stadt »das Königsliebchen«.

Der kosende Beiklang dieses Namens gewann für die Leute einen besonderen romantischen Reiz, als nach einigen Wochen ein neuer Vorgang allgemeiner Gesprächsgegenstand wurde. Ein kleines Dampfboot, das, wie man hörte, Bachmann angekauft hatte, nahm, weit draußen am Ende der Stadt, gegen Dianenlust zu liegend, zu dunkler Nachtzeit das Königsliebchen auf und legte wieder an einem bestimmten Punkte des großen Parkes von Dianenlust an. Dann fuhr es langsam den stillen Strom hinab und wieder hinauf. Aus einer großen goldgefassten Laterne, die eine goldene Nixe am Vorderbug emporhielt, leuchtete weithin grünes Licht. »Sphinx« hieß das Schiff. Man sah hinter blauen Vorhängen die Deckkajüte beleuchtet. Ein Liebeslager von unerhörter Märchenpracht sollte sich da drinnen befinden. Des Schiffes Führer und die kleine Bedienungsmannschaft blieben nicht unbekannt, denn das Königsliebchen fuhr auch gelegentlich bei Tage auf dem Strom spazieren. Sie wollten aber nicht einmal wissen, dass sie in der Nacht, wo jede Schiffahrt verboten war, gefahren seien und wurden grob, wenn man viel fragte.

Eine besondere Folge der Volkstümlichkeit Kittys waren nicht nur zahlreiche Bettelbriefe gewöhnlicher Art, sondern auch Gesuche um ihre Vermittlung beim Könige in allen möglichen Angelegenheiten, und nicht bloß auf schriftlichem Wege trat man an sie heran, sondern der Portier hatte oft seine liebe Not mit den Leuten, die bei dem gnädigen Fräulein vorgelassen werden wollten. Nach einigen Schwierigkeiten und Unbequemlichkeiten, die daraus entstanden, wurde auch diese Angelegenheit durch das Ehepaar Bachmann geordnet. Der Leibkammerdiener machte es seinem Gebieter klar, dass sich das gnädige Fräulein mit einfachen Abweisungen derjenigen doch nicht erwehren könne, die von ihrer Vermittlung besonderen Erfolg hofften, und deutete dabei an, dass eine immerwährende Zurückweisung ihrer Fürsprache sie in ein ungünstiges Licht bringen und allerlei Wühlereien und hetzenden Redensarten bei den niederen Klassen einen günstigen Boden bereiten könnte. So erteilte der König Kitty die Erlaubnis solche Gesuche, die nur auf Unterstützungen oder Begnadigungen Bezug hatten, zur Vermittlung an ihn zu übernehmen, schärfte ihr aber strenge ein sich von allen Angelegenheiten, die Anstellungen, Beschwerden oder gar politische Dinge betrafen, fernzuhalten. Frau Bachmann prüfte die direkt eingereichten Unterstützungsgesuche und lenkte auch die förmlichen Audienzen, die Kitty solchen Personen erteilte, die ihre Vermittlung beim König anstrebten. Ehe diese Leute das Königsliebchen zu Gesicht bekamen, hatten sie erst durch sie eine Prüfung und eine Unterweisung zu erfahren, so dass der königliche Befehl mit seinen Beschränkungen streng aufrecht erhalten wurde. Kitty selbst ließ sich in diesen Audienzen wie eine Puppe von Frau Bachmann lenken, nahm nach deren Weisung immer nur Schriftliches entgegen, lehnte jede rein mündliche Vermittlung ab und trat auch dem König in diesen Angelegenheiten nicht anders denn als niedliche Botin der Gesuchsteller gegenüber. Aber die Volksfantasie malte sich allerlei Bilder vor, in denen das Königsliebchen gewissermaßen um der Gesuchsteller willen sündigte, die Gewährung der Bitte der Leidenschaft des Königs zur Bedingung machte. Der Erfolg so manchen Gesuches bestätigte die Volksmeinung und, es waren keineswegs nur »kleine Leute«, die diesen Weg zur Gnade des Königs betraten, sondern auch Personen besseren Standes rechneten in solcher Weise mit den königlichen Schäferstunden. Zumal Frauen, die eine Audienz bei Kitty gehabt hatten, erzählten in ihren Kreisen, wie »lieb und süß« sie mitten in all der Pracht, die man mit Bangigkeit betrete, zu schauen sei, wie freundlich sie lächle und wie gütig sie das kleine, weiße Händchen mit den blitzenden Diamantringen reiche. Andere wieder sagten, sie seien mit einem bitteren Gefühl diese teppichbelegten Stufen und an den hochnäsigen Lakaien vorbeigeschritten, an die eigene Notlage angesichts dieser Üppigkeit einer großen Sünderin denkend, und widerlich sei ihnen der Gedanke gewesen als ehrliche Untertanen auf solchem Umwege das Herz des Landesvaters zu suchen, aber das sei alles verflogen beim Anblick des Königsliebchens, das wahrhaftig wie ein Engelchen an sie herangetreten sei.

Immer stärker machte sich der Einfluss des Leibkammerdieners geltend. Mit einem Schweif von Klienten bildete er ein förmliches Konsortium zur Ausbeutung der Leidenschaft seines Herrn, der ohne Besinnen alles guthieß, was geeignet schien, den Glanz des Wesens zu erhöhen, das mit seiner weißen Gliederpracht ihn unentrinnbar umschlungen hielt. Am Palais des Königsliebchens, das in seinem Innern zu einer Schatzkammer sich ausgestaltete, wurde unaufhörlich gebaut. Einer beginnenden allzu großen Fülle halber lernte Kitty reiten, und das wurde der Anlass einen ganzen Marstall mit den prächtigsten Gespannen aller Art neben edlen Reittieren einzurichten. Dann erwiesen sich die Anlagen am Palais als zu klein. Es wurden benachbarte Grundstücke angekauft, die daraufstehenden Villen niedergerissen und ein Lustpark, der alle Gartenkünste bieten sollte, in Angriff genommen. Der Affe Muckerl war eines Tages an verdorbenem Magen verendet. Bald darauf machte in einem zierlichen Kiosk ein halbes Dutzend Äffchen der Herrin ihre possierlichen Sprünge vor. Ein weißer und ein schwarzer Pudel, eine getigerte Dogge und ein mächtiger Neufundländer waren bereit, sie je nach Laune einzeln oder alle zugleich mit Sprüngen und Gebell zu erlustigen, in einer großen Voliere kreischten buntfarbige exotische Vögel, seltene Tauben girrten in einer anderen, Pfauen schlugen auf einer großen Wiese das Rad. Die Dienerschaft wurde vermehrt, und dabei durfte ein junger Mohr in silberstrotzender Tracht des Spaßes halber nicht fehlen. Das Kerlchen schlug prächtige Purzelbäume und amüsierte das Königsliebchen mit seinen frechen Possen. An die Stelle des Fräulein Schwarz trat eine mit allen Künsten der Damentoilette meisterlich vertraute Pariserin. An Kittys Geburtstag führte das Hofballett im Palais nur vor ihr und dem König üppige Feerieen in prachtstrotzenden Kostümen aus.

Bei den Ladenfräuleins, den Näherinnen, Wäscherinnen und Plätterinnen, in den Fabriksälen war das Königsliebchen der beliebteste Gesprächsgegenstand, und es bildete sich in diesen Volkskreisen etwas wie ein Kultus, eine begeisterte Anhängerschaft, die in ihm gewissermaßen das heimliche Oberhaupt aller Mädchen sah, die verbotener Liebe huldigten. Aber auch die Töchter der besseren Stände zischelten untereinander über das, was sie von den Dienstmädchen erforscht hatten. Die kleinen Beamtenfrauen, die auch hübsch und jung waren und ihre Lebensfreude in der Enge einer sorgenvollen Ehe verkümmern sahen, dachten an das Königsliebchen und seufzten, wenn sie ein altes Kleid umändern mussten, weil zu einem neuen die Mittel fehlten. Die kleinen Maitreffen der

Kavaliere und Börsenspekulanten waren in ihren Wünschen bestrebt, ihrem Vorbild möglichst nahe zu kommen, und die vornehmen Damen plauderten bei der Toilette mit ihren Zofen über die Künste der französischen Kammerfrau.

Die Königin hatte sich gänzlich nach Dianenlust zurückgezogen und war nur selten in den Straßen der Hauptstadt zu sehen. Oft aber fuhr das Königsliebchen im prächtigen Gespanne durch die Königsau oder die Lotharstraße entlang und den Leuten, die den Blick nach ihr wandten, war's, als schauten sie es nackt auf goldenem Triumphwagen.

5.

Unter schattigen Bäumen waren buntgestreifte Tücher zeltartig gespannt. Im Innern des weitgeöffneten, auf einen Wiesenplan und darüber nach der Rückfront des Palais mit der von Majolikatöpfen geschmückten Terrasse schauenden Raumes saß das Königsliebchen in einen Strohfauteuil zurückgelehnt, den Rücken von einem kleinen Seidenkissen gestützt. Frau Kern und eine andere Dame leisteten ihm Gesellschaft, Sherry-Cobler zur Kühlung gegen die Sommerhitze schlürfend. Die große Tigerdogge spielte unweit von den Damen mit den beiden Pudeln. Ein weißes Hauskleid, mit Stickereien und gelbseidenem Bandwerk ausgeputzt, trug das Königsliebchen, die beiden Damen waren in den elegantesten Straßentoiletten mit weiten Puffärmeln, winzige Blumenhütchen auf dem Kopf. Ihre weißen Spitzenschirme mit den wertvollen Stöcken lagen in der Nähe auf einem der Strohstühle. Schmale Goldreife klingelten leise ins Gespräch hinein, ein stärkerer Hauch des zarten Parfumduftes entströmte bei einer gelegentlichen Bewegung den Röcken.

Frau Kern war eine der Wenigen, die aus dem früheren Gesellschaftskreise Kittys sich noch häufiger im Palais sehen ließ. Den meisten war der neue Stil bald zu unbehaglich pomphaft geworden. Die eine oder die andere fürchtete auch, in Zukunft ihre Beziehungen zum Königsliebchen mehr kontrolliert und besprochen zu sehen als bisher. Frau Bachmann tat ebenso wenig wie Kitty selbst etwas, diese zurückweichenden Elemente festzuhalten. Stattdessen fanden die Damen des Hoftheaters mehr Zugang, denen sie nicht mehr als Kollegin gegenüberstand, die aber jetzt in ein Bereich gehörten, auf das ihr vom königlichen Gebieter ein gelegentlicher protegierender Einfluss gestattet wurde. Neben und durch diese Damen hatten andere Eintritt gefunden, Vertreterinnen der höchsten Eleganz und des verwöhntesten Lebensgenusses, die, meist Ausländerinnen, sich unter allerlei Motiven in Siebenbürgen aufhielten. Frau Bachmann hatte über sie insoweit Recherchen angestellt, dass keine Abenteuerinnen und notorisch anrüchigen Personen sich darunter befanden. Zu dieser Kategorie gehörte die Dame, die mit Frau Kern vor dem Palais zusammengetroffen war, Frau von Ablinowski, eine Landsmännin Kittys, und wie sie gar nicht verhehlte, durch die längere Liaison mit einem Wiener Großindustriellen, sehr vermöglich gewordene, geschiedene Frau.

Frau Kerns Gatte war inzwischen Hoflieferant geworden und stand mit dem Haushalte des Königsliebchens noch immer in Geschäftsverbindung. Daraus, wie aus dessen früherem Aufenthalt hatte er eine glänzende Reklame gewonnen, so dass jetzt das Viktoriahotel namentlich für die Diners und Soupers der goldenen Jugend in Mode war. Frau Kern, die eine sehr lebhafte, kokette Frau geworden war und ihre frühere bürgerliche Eleganz zum höchsten Moderaffinement gesteigert hatte, verleugnete nicht einen wesentlichen Wandel ihrer moralischen Anschauungen; aber jede Anspielung auf diesen oder jenen Kavalier wies sie ärgerlich als Klatscherei zurück.

Die beiden Damen hatten erstaunt nach dem Verbleib der sonst von Kitty unzertrennlichen Frau Bachmann gefragt und den Bescheid erhalten, dass sie zu dringlichen Besorgungen in der Stadt sei. Daraus entwickelte sich ein Gespräch über die Abwesende, in dem auch der Umstand berührt wurde, dass sie nacheinander zwei Vorleserinnen verdrängt hatte.

»Ich nehme gar keine mehr!«, sagte Kitty. »Es waren ohnehin eigentlich nur Paradefiguren. Die Bachmann selber behauptete, eine Vorleserin gehöre nun einmal in meinen Train, aber sie ist eifersüchtig und kann es ganz und gar nicht vertragen, wenn außer ihr mir jemand näher zu treten scheint. Sie hat die armen Dinger arg schikaniert, obwohl ich mit beiden eben nur freundlich war, gar keine besondere Anhänglichkeit an sie hatte.«

»Gnädiges Fräulein gewähren ihr zu viel Rechte«, meinte Frau von Ablinowski.

»Das liegt eben einmal in den Verhältnissen«, lautete die kühle Antwort.

»In den Verhältnissen läge es meines Erachtens eher mit solchen Einflüssen einmal aufzuräumen«, fuhr die Ablinowski fort.

»Diese Bachmanns machen sich viele Feinde durch ihre Überhebung. Es könnte einmal der Schaden davon auf Sie fallen, gnädiges Fräulein«, sagte Frau Kern in vorsichtigem Tone.

»Sie ist ja nicht so übel, die Frau«, fuhr die Ablinowski fort, »aber für die Stellung, die sie bei Ihnen einnimmt, hat sie doch nicht die nötigen Voraussetzungen.«

»Was redet Ihr, Kinder?«, sagte Kitty lächelnd. »Die Bachmann haben mich ›gemacht.‹ Die gute Frau Kern kennt das recht wohl.«

Frau Kern senkte die Augen und errötete. Das Königsliebchen hatte den Blick so starr auf sie geheftet, in dem Lächeln lag's wie Malice.

»Ich muss ihnen dankbar sein. Sie sorgen glänzend für mich, dass ich kaum etwas zu wünschen brauche.«

»Und beuten Sie aus!«, versetzte die Ablinowski.

»Mich eigentlich nicht, lautete die gelassene Antwort. Sie sind's auch nicht allein und wenn's die Bachmann nicht wären, dann wären es andere. Ich kenne nicht viel von der Welt. Das weiß ich aber doch, dass in meiner Umgebung immer ausgestreckte Hände bereit sein werden, die auffangen, was vom Goldregen nebenher fällt. Lassen wir das doch!«

Man sprach nunmehr vom Modekram, vom Theater, und dabei kam die Rede auf eine Dame, die im Rufe der Morphiumsucht stand.

Frau von Ablinowski knüpfte daran Erörterungen, die eine unheimliche Sachkenntnis auf dem Gebiete moderner Entartung des Nervenlebens verrieten. Frau Kern horchte mit naiver Sensationslust. Kitty aber meinte:

»Was sind das für tolle Dinge! Ich weiß gar nichts von Nerven. Ich schlafe wie eine Ratte, esse wie ein Wolf, habe höchstens Kopfweh, wenn ich zu viel Champagner getrunken habe und nach meinem Morgenbade ist mir's, als sollte ich mit dem Ajax dort ringen.« Dabei wies sie lachend die Zähne und bog katzenartig den Leib in den Hüften Hin und her.

Frau von Ablinowski beobachtete sie aufmerksam. Ajax, der seinen Namen gehört hatte, kam majestätisch herangetreten und hob fragend das mächtige Haupt zur Herrin aus. Diese klopfte leicht auf ihren Schoß, und auf dieses Zeichen legte er, sich aufrichtend, die Vorderpfoten auf ihre beiden Schenkel. Mit den blauen Sphinxaugen ihn anstarrend, weit in den Stuhl zurückgelehnt, ahmte sie mit heller Stimme in kurzen Tönen das Bellen nach. Ajax erwiderte mit rauem, lärmendem Gebelle, den heißen Atem des weit sich öffnenden Rachens ihr gerade ins Gesicht hauchend. Wenn er schwieg, schlug sie ihn rechts und links auf die tiefherabhängenden Lefzen und wiederholte ihre kurzen, hellen Laute, und wieder gab Ajax seine Antwort, desto wilder, je länger das Spiel dauerte. Dann fasste ihr kleiner, fleischiger Arm den muskulösen

Hals des Tieres, es zurückschleudernd. Mit lautem Gebell sprang dieses wieder auf die Schenkel der Herrin, bis diese endlich wieder: »Setz' dich!«, rief. Nun streckte Ajax den gefleckten Leib in welligen Biegungen vor ihr nieder und sie rieb ihm das Fell mit der schmalen Sohle des spitzen Lackschuhes. Die beiden Pudel waren indessen auch herangekommen und umspielten, Gunst bettelnd, die Herrin, die ihnen die Wollköpfe mit hurtigem Fingerspiele kraute.

Frau von Ablinowski wandte keinen Blick von ihr.

Unter den Blauaugen zogen sich feucht glänzende, schmale Einschnitte gegen die Wangen, und beim Lächeln wurden die Mundwinkel von einer kaum merkbaren Bewegung durchbebt, auf den Schläfen schimmerte es elfenbeinartig, und man sah zeitweilig das leise Zucken eines Blutwellchens. Die Bewegung der das Pudelgelock durchwühlenden Fingerspitzen enthielt Nervenreiz. Sonst aber atmete alles an ihr blutvolle Gesundheit, pralle Jugend, ungestörtes Quellen reicher Lebenssäfte. Frau Kern weckte die Ablinowski aus ihren stillen Betrachtungen, indem sie das unterbrochene Gespräch wiederaufnehmend, in etwas spießbürgerlichen Wendungen über all die Sonderbarkeiten der Zeit staunte und dabei auch auf die bombenwerfenden Anarchisten und Nihilisten kam, meinend, es sei gerade, als ob der Weltuntergang drohe.

»Wenn hier die ganze Geschichte mit einem lauten Krach in die Luft flöge, ich oben einen großen Purzelbaum schlüge und dann portionsweise wieder herunterkäme, – das ist ein possierlicher Gedanke!«, scherzte Kitty.

»Wie gnädiges Fräulein darüber spaßen können!«, sagte Frau Kern.

»Mir wär' heutigen Tages bange, immer einen so hohen Herrn zu empfangen!«

»Aber, Frau Kern!«, mahnte Frau von Ablinowski, ganz erschreckt über deren ungeschickte Rede.

Kitty machte sich mit einem der Hunde zu schaffen, und es entstand eine kurze peinliche Pause, über die sie mit den leise hingeworfenen Worten hinweghalf:

»Das Haus ist wohl bewacht!«

Die Stimmung war aber doch derart geworden, dass Frau von Ablinowski sich erhob und Frau Kern ihrem Beispiel folgte. Kitty gab, von ihren drei Hunden umkreist, den Damen eine kurze Strecke weit das Geleite und ging, nachdem sich diese verabschiedet hatten, der großen Voliere zu, wo, als sie sich näherte, ein lautes Gekreische und wildes Geflatter entstand. Mit ungeduldiger Miene sah sie umher. Ein schlankes, junges Mädchen kam eben mit tiefem Gruße vorüber.

»Ach, Afra!«, rief Kitty sie an. »Wollen Sie mir doch etwas Zucker beschaffen. Ich will die Vögel füttern.«

Eilfertig entschwand Afra und kam bald mit einer Kristallschale voll Zuckerstückchen zurück.

»Das ist eigentlich Willys Sache. Er weiß doch, dass ich um diese Zeit die Vögel füttere!«, sagte Kitty in etwas erzürntem Tone. Willy hieß der junge Mohr.

»Soll ich ihn suchen gehen, Euer Gnaden?«, fragte Afra.

»Nein! Bleiben Sie jetzt hier und halten Sie mir die Zuckerschale!«, lautete der Befehl.

Kitty entnahm der vorgehaltenen Schale ein Zuckerstückchen nach dem andern, mit den am Gitter sich festkrallenden, flügelschlagenden und kreischenden Tieren, bald liebkosende, bald scheltende Rede führend, und Afra sah dem gefälligen Schauspiel mit lächelnder Aufmerksamkeit zu.

Als die Fütterung beendet war, glitt Kittys Blick über die Gestalt des hübschen Mädchens mit dem blassen Gesicht, dem schönen roten Mund und dem feinen Näschen, und sie fragte in nachlässig hingeworfenem Ton:

»Wie lange sind Sie jetzt schon bei mir?«

»Vierzehn Tage, Euer Gnaden!«, lautete die Antwort.

»Die Duval ist sehr zufrieden mit Ihnen, sagte sie mir.«

Afra verneigte sich.

Kitty fragte weiter und erfuhr, dass Afra die Tochter eines vor nicht langer Zeit verstorbenen Dorfschullehrers sei und dass noch ihre Mutter mit fünf Geschwistern zu Hause lebe. Dann, sich erinnernd, dass ihr das Mädchen von Frau Bachmann als Neuling, der noch nie gedient hatte, vorgestellt war, forschte sie weiter, ob es nicht Heimweh empfinde, ob es sich im Hause wohl fühle und wie ihr die große Stadt gefalle. Afra antwortete in schlichter Kürze und meinte zur letzten Frage, sie habe sich noch wenig in der Stadt umgesehen, denn es fehle ihr an Bekannten. »Sie müssen sich eben Gesellschaft suchen!«, sagte Kitty mit anzüglichem Scherze. Da wurde in einiger Entfernung, von einem Hauslakai begleitet, ein Reitknecht sichtbar, der die königliche Livree trug. Der Lakai verschwand alsbald, der Reitknecht schritt eilfertig sporenklirrend, den Kopf schon von Weitem entblößend, auf das gnädige Fräulein zu, dem er in strammer Haltung mit den Worten: »Von Seiner Majestät!« ein Briefchen überreichte.

»Bleiben Sie!«, befahl Kitty, den Brief öffnend, Afra, die eben sich entfernen wollte. Sie überflog rasch die wenigen Zeilen. »S'ist gut!«, sagte sie zum Reitknecht, der sich mit geschlossenen Hacken tief verneigte und abtrat, dann zu Afra: »Pichler und die Duval sollen zu mir auf die Terrasse kommen!«

Der Haushofmeister und die Kammerzofe erschienen fast im selben Augenblicke, als Kitty sich in einem der Gartenstühle auf der Terrasse niederließ. »Um neun Uhr fahre ich nach der Sphinx. Willy soll mich begleiten«, war die kurze Weisung an den Haushofmeister, während die Besprechung mit der Kammerfrau etwas länger dauerte. Sie wurde in französischer Sprache geführt und war eigentlich nur ein Vortrag der Toilettenkünstlerin, in den Kitty kurze Bemerkungen mischte.

Es war noch ein halbes Stündchen bis zur Dinerzeit. Kitty blieb, nachdem die Duval verschwunden war, auf der Terrasse, zog das Billett des Königs aus dem Gürtel, in den sie es gesteckt hatte und riss es in kleine Fetzchen, die sie dann über die Balustrade auf einen darunter gelegenen Rasenfleck niederwirbeln ließ.

Die Bachmann blieb lange aus. Wie die beiden vorhin gegen sie gestichelt hatten! Keine dachte daran ihre Stelle einzunehmen; nur der ziellose Weiberneid sprach aus ihnen. Die Bachmann war ihr ganz unentbehrlich, ohne sie war das Leben gar nicht zu denken.

Sie war eine vorzügliche Vertraute geworden. Schlau genug war sie gewesen zu merken, dass ihr Zögling mit den Verhältnissen Schritt hielt und aus der tölpelhaften Betäubung eines zwischen Pracht und Wollust hin und her geworfenen Neulings immer mehr erwachte. Da ließ sie die Gouvernante und nicht minder die zärtlich scherzende Freundin fallen und wurde zur feinspürigen ersten Dienerin, vor der die Herrin sich in anderer Weise entblößen und rückhaltloser gehen lassen konnte als vor Kammerfrau und Zofen. Sie bereicherten sich, diese Bachmann, an ihr, aber sie vergifteten sich auch. In einer behaglich bürgerlichen Ehe hatten sie früher gelebt. Seit er es zu Vermögen gebracht hatte, trieb sich der Herr Kammerdiener mit leichten Weibern herum, und die Frau hatte selber nicht dem Hauch der Gifte widerstehen können, die sie als Beraterin und Vertraute bereitet hatte. Kitty wusste es. Ein heimlicher Liebeshandel hielt sie in der Stadt. Hoflieferant war dieser Kern geworden und Geld verdiente er an ihr, sein schönes Weibchen aber hatte ihr allzu oft bei der Toilette zugesehen und betrog ihn in den Kabinetten verschwiegener Hotels. Denen in Wien hatte sie, die Betteleien loszuwerden, ein hübsches Jahrgeld ausgesetzt. Der Onkel hatte sein Amt verlassen und bummelte, das Vetterchen war nach den Briefen der Tante, die fast offen beklagte, dass Therese zu hässlich für ein Mätressenpöstchen war, ein ganzer Taugenichts geworden.

Kittys Augen starrten vor sich hin. Kleine Lichtfleckchen funkelten darin. Die Oberzähne blinkten zwischen den feuchten, hellroten Lippen.

Das war so das Richtige, diese Nachtfahrten auf der Sphinx! Da war der hohe Herr guter Laune, wenn er eine solche begehrte und ihr selber strich es bei der Witterung des Kommenden wie Samt über die Haut. Sie war gar nicht mehr dumm und wusste recht genau, was sie zu denken hatte. Sie fühlte sich ganz als große Dame und war völlig hineingewachsen in den pomphaften Stil, mit dem man sie umgeben hatte.

Sie wusste aber auch, dass dem Herrn gegenüber die große Dame nicht vergessen durfte, dass sie ihm vor allem das »weiße Tierchen« war, und diese Rolle spielte sie jetzt mit klarer Berechnung. Mit dem Märchenprinzesslein war's ebenso vorbei, wie mit dem übergewaltigen Königszauber. Das Königsliebchen, über das die Straße nach wie vor entzückt war, das »gnädige Fräulein«, vor dem die Dienerschaft sich tief verneigte, war in der Heimlichkeit der kostbaren Seidenpfühle ein völlig verderbtes Geschöpf, das verworfene Eitelkeit mit unersättlicher eigener Sinnenlust verband und hündisch sich duckend vor dem gelegentlichen Unmute des Herrn, wie eine Spielkatze seinen Liebkosungen stille hielt und seine Leidenschaft umringelte wie eine Schlange.

Aber da war wieder jenes andere Gefühl, das dann und wann auftauchte in Augenblicken müßigen Alleinseins. Da sie auf den abendlich sich verfärbenden Himmel und auf die Rauchsäulchen, die zwischen den Bäumen aus den Dächern aufstiegen, gestarrt hatte und durch die Stille der Umgebung vom Strome her der Ton der Nebelhörner herüberklang, war's allmählich über sie gekommen. In der Brust saß es leise drückend und nach Luft ringend, im Kopfe wühlte es und lastete auf der Scheitelgegend. Es hatte nichts mit Gewissensunruhe zu tun. Kitty moralisierte nicht. Sie wusste, dass sie schlecht war, wie man so sagte. Aber alles ringsum war so, vom König, der heute Nacht in der Prachtkabine der Sphinx Weib und Kind, Krone und Land vergaß, bis zur niedlichen Zofe Binchen, in deren Fingerspitzen sie bei der Toilette die Lüsternheit brennen fühlte; und wenn in kurzer Frist die lichtdurchflammte Nacht über Siebenburgen kam, dann war sie nur die von Königsarmen umschlungene Fürstin der Tausende, die hüben und drüben vom Strome unter den Dächern des Häusermeers sündigten. Aber sie fühlte sich so allein mitten in der großen Stadt, umgeben von einem Trosse von Dienern. Es fiel ihr ein, dass sie jung war und sie tastete nach etwas, was zur Jugend gehörte und was sie in ihrer Pracht vermisste. Sie sehnte sich nach einer Lust, die nicht mit üppigen Polstern und heißatmender Begierde zusammenhing, nach einer Heiterkeit, die nicht aus dem Unreinen stammte. Ein zärtliches Verlangen lebte in ihr, ein Durst nach Liebe und ihr war jetzt auf der blumengeschmückten Terrasse genau ebenso zumute wie damals, wenn sie im Hause der bösen Verwandten die Stirne an das Fenster drückte und auf die Straße hinaussah. Dann hätte sie fortlaufen mögen in die weite Welt und blieb doch unbeweglich am Fenster stehen, und es war ihr zum Weinen, aber die Tränen kamen nicht. Und wenn damals aus solcher Stimmung immer eine andere trotzig hasserfüllte erwuchs, in der sie das Haus anzünden, Therese die Haare ausreißen, der Tante die Zunge herausstrecken, den Onkel hätte verhöhnen mögen, so war sie jetzt kein albern ungebärdiges Kind mehr und sie hatte keinen eigentlichen Gegenstand des Hasses. Aber als eben Frau Bachmann kam und sich wegen ihres langen Ausbleibens lebhaft entschuldigte, fühlte diese doch alsbald, dass das gnädige Fräulein schlechter Laune war. Der Ton, in dem das »S'ist gut!« klang, war keineswegs liebenswürdig, und nach einer kleinen Pause kam es bedrohlicher: »Ich muss mir von Ihnen ja alles gefallen lassen!«, und auf erneute Entschuldigungen lautete die Antwort: »Ich kann mir aber auch allein helfen! Majestät haben eine Spazierfahrt auf der Sphinx befohlen, und ich habe mit

Pichler und der Duval schon das Nötige beredet. Sie sind nicht so unentbehrlich, wie Sie glauben.«

Dann ließ sie den Blick über die hochelegante Erscheinung der Vertrauten gleiten und sagte boshaft:

»Ah! Eine sehr schicke Ehebruchstoilette!«

»Aber Euer Gnaden!«, erwiderte Frau Bachmann abwehrend.

»Möchten Sie etwa gar heucheln, meine Liebe?«, fuhr Kitty höhnisch fort. »Interessiert mich übrigens gar nicht, wo und mit wem Sie sich herumtreiben.«

»Ich habe auch gar nicht die Verpflichtung, Aufschluss zu geben, was ich tue. Den Ausdruck ›herumtreiben‹ muss ich mir übrigens höflichst verbitten, Euer Gnaden«, lautete Frau Bachmanns spitze Antwort.

Kitty schwieg jetzt. Bei solchen gar nicht seltenen kleinen Zänkereien kam es übrigens dann und wann dazu, dass das geärgerte Königsliebchen Fäustchen machte, mit den Füßen stampfte und böse Worte gebrauchte, was Frau Bachmann aber immer sehr kalt ließ, denn zu puffen wagte es in solchen Fällen übler Laune doch nur die Kammerfrau oder die Zofen. Gespuckt hatte es freilich schon mehrmals gegen sie, dann aber auch durch ein Geschenk sich die Verzeihung erkaufen müssen.

»Haben Euer Gnaden noch besondere Wünsche?«, fragte sie kühl untertänig.

»Setzen Sie sich! Werden mich doch nicht wieder allein lassen. Und dann dinieren Sie mit mir, wenn Sie wollen!«, entgegnete Kitty mürrisch.

Frau Bachmann verneigte sich.

Damit war die Versöhnung eingeleitet, die dann nach einer etwas peinlichen Zwischenpause in einem Geplauder über Frau Kern, die doch die Spießbürgerin nicht ganz abstreifen könne und Frau von Ablinowski, die nach Frau Bachmanns Ansicht wohl selber so etwas, wie eine Morphinistin war, sich völlig festigte.

»Eigentümlich schön ist sie aber«, meinte Kitty.

»Sie macht geschickte Toilette, aber ich glaube, dass sie furchtbar mager ist, und der große Mund mit den dicken Lippen ist doch sicherlich nicht schön«, versetzte die Bachmann.

»Aber das feine Köpfchen und die wunderschönen Augen.«

»S'ist was Krankhaftes in diesen Augen, gerade, als ob sie immer Fieber hätte. Aber, das ist wahr, vornehme Hände hat sie und sehr viel Grazie in ihrem Auftreten.«

»Wie alt mag sie wohl sein?«

»Jünger, als sie aussieht, und keinesfalls mehr als dreißig.«

Bald nach dem Diner ging es an die Toilette, die zu solchen Fahrten auf der Sphinx besonders auserwählt sein musste. Eine tiefausgeschnittene Prachtrobe aus weißem, gelblich schimmernden Samt war gewählt, mit Einsätzen und Zwischenstücken aus schlohweißer, silberverzierter Seide. Auf Brust und Nacken und von den hochbauschigen Ärmeln herab wallten breite gelbliche Spitzen. Die gelbe Seide des Unterrockes schimmerte durch in Volants und Puffen aufgebauschten Tüll hindurch; die gleichfarbigen Strümpfe waren silberbestickt. In den blonden Löckchen schwebte ein weißer Federstutz über einem Brillantstern, große Diamanten hingen in den Ohren, den Hals schmückte dagegen nur ein schmales Perlkettchen. Am Arme trug Kitty einen breiten, reich mit verschiedenen Edelsteinen besetzten Reif, von der Taille hing an einer kostbaren Chatelaine das kleine Ührchen aus dunkelblauem Email mit dem Monogramm in Brillanten.

Die beiden Zofen Binchen und Afra wechselten täglich insofern den Dienst, als die eine nur mit der Instandhaltung der Garderobe und dem Ordnen der Schlafstube und des Boudoirs beschäftigt war, während die andere die vom Bade bis zum Schlafengehen nötigen persönlichen Dienstleistungen bei der Herrin zu besorgen hatte. Heute hatte Afra der persönliche Dienst getroffen, und so war sie auch als Gehilfin der Kammerfrau bei der großen Abendtoilette tätig. In einen besonderen schwarzen Lederkarton wurde eines der schönsten Deshabillés gepackt, und diesen Karton hatte Afra der Herrin nachzutragen, als diese, ein himmelblaues Seidentuch so um den Kopf gebunden, dass es weit über das Gesicht, dieses fast ganz verhüllend, vorstand, und in einen bordeauxroten leichten Seidenmantel gehüllt, die Treppe hinab zum Wagen schritt. Am Schlage harrte Willy, den Fez auf dem Kopfe, in dunkelblauen Pumphosen und kurzer Jacke, deren rote Farbe kaum zwischen den reichen Silberverschnürungen sichtbar war. Als er den Schlag hinter der Herrin geschlossen, nahm er den Karton zu sich auf den Bock, und mit dumpfem Gerolle verließ die Equipage das Palais. –

Die Röcke aufnehmend, ging Kitty raschen Schrittes über das Landungsbrett. Der Schiffsführer zog die Mütze, sie nickte einen Gegengruß und verschwand in der Deckkajüte. Ein kleiner Salon enthielt um einen Tisch mit Marmormosaik ein zierliches Sofa und zwei Fauteuils, deren graublaue Samtüberzüge mit reicher Silberstickerei auf dem Sitze und der Rücklehne geschmückt waren, in gleicher Art ausgestattet und quer vor eine Ecke gestellt eine Chaiselongue mit einem Doppelkissen daneben, dann ein Pianino mit kunstvollem Holzwerk und silberbesticktem Tabouret davor und einen großen Blumentisch. Eine blaue, silbergepresste Ledertapete bedeckte die Wände, aus denen goldene Armleuchter mit milchigen elektrischen Blumenkelchen hervorragten; die Decke war mit verschiedenen kostbaren Holzarten getäfelt und mit goldenen Verkröpfungen ausgestattet, ein Smyrna bedeckte den Fußboden. Rechts und links durchquerten dem Meublement entsprechende Samtvorhänge den kalt durchleuchteten, metallisch glitzernden Raum. Kitty öffnete mittelst einer herabhängenden silbernen Schnur den einen Vorhang zur Hälfte und trat in den Toiletteraum, in dem sie sich eben bequem drehen konnte. Er enthielt nur einen großen, ins helle Wandgetäfel eingelassenen Spiegel und ein großes Gestell aus Nickel mit Marmorplatten, auf dem alle Toiletteutensilien in Silber standen oder eingelassen waren. Dort stellte Willy den Karton hin und verschwand alsbald. Kitty entnahm das Deshabillé dem Behälter, hing es an einen Wandhaken auf und prüfte sich dann, da und dort tippend und zupfend im Spiegel. Nach einigen Wendungen und Drehungen verließ sie den Raum, schloss den Vorhang und begab sich dann nach der anderen Seite. Als sie dort den Vorhang seiner ganzen Breite nach aufgezogen hatte, drückte sie auf einen Wandknopf, worauf sich der Salon verdunkelte und nur ein gedämpftes, tiefrotes Licht den Raum vor ihr beleuchtete, der an den Wänden in durch schwarze Säulchen getrennten länglichen Flächen, an der Decke in Strahlenform, abwechselnd Spitzen- und gelbe Seidendraperie zeigte. Ein breites Lager stand vor ihr mit reichgestickten und spitzenbesetzten weißen Kissen, von einem duftigen, durch goldene Amoretten gehaltenen Arrangement eines aus vielfaltiger gelber Seide hervorrieselnden Spitzengewoges an der Kopfseite überdacht. Aus Ebenholz war das niedere Gerüst des Lagers mit goldenen Rosengirlanden und Amorettenfigürchen in den verschiedensten Stellungen. Am Fußende ragte ein goldener Nixenleib empor und streckte mit jauchzender Gebärde die Arme aufwärts. Nach einer sorgfältigen Prüfung trat Kitty zurück, ließ wieder Licht in den Salon und schloss den Vorhang. Pfeilschnell flog das Boot dahin. Kitty hatte sich auf der Chaiselongue niedergelassen. Jetzt stampfte das Schiff stärker, immer lauter wurde das Rauschen und Sprudeln des Wassers, dann folgte ein kurzer Stoß, für Kitty das Zeichen, sich zu erheben. Gleich darauf wurde die Türe rasch geöffnet, und der König trat ein. Willy nahm ihm den leichten Mantel ab und harrte an der Türe des nächsten Befehles.

Der König hatte Kitty mit einem »Guten Abend!« und einem Händedruck begrüßt, dann gab diese dem Mohren ein kurzes Zeichen mit dem Kopfe. Er verschwand, um alsbald auf goldenem

Cabaret den Tee zu servieren. In einem verlangsamten Zeitmaße fuhr die Sphinx talwärts weiter. –

Afra Schlosser hatte heute zum ersten Male das gnädige Fräulein bei der Toilette bedient. In den vierzehn Tagen seit ihrem Dienstantritt waren zwar solche Gelegenheiten schon mehrmals gewesen, sei es, dass es einer Fahrt auf der Sphinx oder einem Königsdiner galt, aber, auch wenn sie »Jour« hatte, war von der Kammerfrau doch vorsichtshalber hierzu Binchen herangezogen worden. Jetzt war sie auch für diesen vornehmsten Teil des Dienstes reif erklärt, und Fräulein Duval meinte in ihrem gebrochenen Deutsch, bei solcher Anstelligkeit könne sie es wohl dahin bringen, einmal selber als Kammerfrau in ein vornehmes Haus einzutreten. Das war ihr schon damals von der Verdingerin gesagt worden, dass, wenn sie sich hier bewähre, ihr dies zur Empfehlung bei den feinsten Damen gereichen würde, und gelacht hatte die Frau über die Einfalt vom Lande, die scheu fragte, ob denn das Haus der Geliebten des Königs auch ein ehrbares Haus sei. Frau Bachmann, der es die Verdingerin wieder erzählte, hatte zwar auch gelächelt, ihr aber gesagt, ein solches Mädchen wünsche sie eben für das gnädige Fräulein anzuwerben, das nicht durchtrieben sei, wie die Stadtmädchen, sondern bescheidenen und gesitteten Wesens. Darauf war sie in dem prächtigen Salon der anmutigen Herrin vorgeführt worden, die nur fragte: »Wie heißen Sie?«, sie flüchtig grüßend ansah und dann mit einem: »S'ist gut!« und einem Kopfnicken entließ.

Bis zum heutigen Tage hatte sie außer einigen kurzen Befehlen kein Wörtchen mit ihr gewechselt, ein völlig unnahbares höheres Wesen stand sie der Dienerin gegenüber. Mit der Kammerfrau sprach sie mehr, immer in französischer Sprache, und lachte auch zuweilen mit ihr. Und heute war sie auf einmal so freundlich und lustig gewesen. Sie hätte daran Freude gehabt, wäre zuletzt nicht das leichtfertige Wort von der Gesellschaft, die sie sich suchen solle, gefallen. Alle derartigen Anspielungen taten ihr weh, denn sie weckten ekle persönliche Erinnerungen und weh tat ihr's aus diesem lieblichen Munde, denn was sie zwei Tage nach ihrem Eintritt von Frau Kullich, der jungen Portiersfrau, gehört hatte, kam ihr wieder lebendig in den Sinn. Frau Kullich hatte ihr ausführlich die Geschichte vom Königsliebchen erzählt mit dem grässlichen Schlusse:

»Die Bachmann sind dabei reiche Leute geworden!«

Als sie dann entsetzt etwas ausgerufen hatte von »Verbrechen«, war ihr die Frau ins Wort gefallen:

»Verbrennen Sie sich den Mund nicht, albernes Kind! Es könnte Ihnen sonst noch Schlimmeres begegnen, als nur entlassen zu werden. *Wir* essen ehrlich verdientes Brot, und wenn Sie brav bleiben wollen, können Sie's hier, so gut wie anderswo. Der Dienst ist gut und – setzte sie ernsthaft mahnend hinzu – so was dürfen Sie auch nicht anschauen nach Eurer groben Bauernart. Der Katechismus freilich kennt keinen Unterschied. Aber damit, meine Liebe, kommt man, in der Stadt wenigstens, nicht durch.«

Afra wusste es wohl, auch auf dem Lande reichte er nicht aus. Das Glück herrschte im kindgesegneten, kärglich bestellten Lehrerhause. Emsig liebevoll schaffte die wackere Mutter, der edle Vater wusste in den Feierstunden die Seinen mit gottesfürchtigem Sinne zu belehren und ehrbar zu unterhalten. Sie, die Älteste, war des Vaters Liebling und aus froher Kindheit wuchs sie zur sittsamen heiteren Jungfrau heran, ferngehalten von allem Rohen des ländlichen Lebens. Sie errötete lächelnd, wenn Vater oder Mutter darüber scherzten, wann wohl ein Freiersmann kommen möchte. Das Lächeln aber schwand und eine heißere Röte flog über ihre Wangen, als eines Tages der Vater sie ermahnte, dem jungen Gehilfen von der unfernen Försterei tunlichst aus dem Wege zu gehen, denn es sei ein leichtfertiger Geselle, vor dem ein junges Mädchen sich hüten müsse. In der Tat hatte der flotte Jägersmann sich ihr mehrmals mit besonderer Freundlichkeit genähert, und sie fand

Wohlgefallen an ihm, denn sehr ehrbar war seine Art gewesen. Der Vater urteilte wohl zu streng, und seiner Mahnung entnahm sie vor allem nur, dass der erfahrene Blick des Alters ihre eigenen schüchternen Hoffnungen bestätigte. Gar mancher leichtsinnige Bursche ist ein guter Ehemann geworden, wenn er die rechte Frau fand, und machte Herr Kolb Ernst, so änderte sich wohl auch des Vaters Gesinnung. Zwar tat sie bei Begegnungen zunächst spröde, aber das schien den Eifer Kolbs nur zu erhöhen und als sie ihm einmal erst Gelegenheit gegeben hatte, mit schönen Worten das vom Vater ihr eingehauchte Misstrauen zu beseitigen, da kam es auch zu jenen Heimlichkeiten, die man damit rechtfertigte, dass jede junge Liebe erst mit dem Widerstand der Eltern zu kämpfen habe.

Im Nachbarorte war Afra zu einer Besorgung gewesen. Herr Kolb gesellte sich zufällig zu ihr. Zwischen wogenden Kornfeldern führte die Straße hindurch, die Nachmittagssonne brannte glühend heiß, und Leute kamen des Weges. Gar schwatzhaft ist das Volk und der Umweg durch den Wald nicht sehr groß. So bieder klangen des Forstgehilfen Worte, ihm die Hand zu lassen, war noch keine Sünde und, wenn sie auch bangte, mochte sie ihm nicht wehren, als er den Arm ihr um die Taille legte. So weiter wandernd, kamen sie ans Küssen. Wieder sahen die dunklen Tannen das küssende Paar, und endlich kam ein Tag, an dem man einen gar weiten Umweg machte mitten durch den Hochwald, wo es ganz still, ganz weltverloren war. Die Sünde lauerte auf dem grünen Moos, und als Afra aus dem Walde kam, schämte sie sich vor dem Abendsonnenlicht, klopfte ihr das Herz beim Anblick der Eltern. Aber sie war Braut, sie hatten sich vorher Treue geschworen; nimmermehr hätte sie sonst seine Leidenschaft geduldet. Da kam eines Morgens, als man beim Frühstück saß, die Kunde, bei Tagesgrauen sei Herr Kolb erschossen vor dem Wirtshaus gefunden worden, das etwas abseits vom Nachbarorte lag. Afra schrie auf und wurde totenbleich.

Von Wilderern war erst die Rede, bis im Laufe des Tages die weitere Kunde kam, der Wirt sei nach dem Amtsstädtchen gefahren, sich selber dem Gericht zu stellen, denn er habe als Rächer seiner Hausehre den Forstgehilfen bei frischer Tat erschossen. Der Vater wies darauf hin, wie berechtigt seine Warnung gewesen und meinte, was etwa in des Töchterchens Herzen für den Bösewicht gelebt, das sei durch solch ruchloses Ende wohl gründlich ausgelöscht.

Afra verriet sich nicht, denn sie war zunächst erstarrt, keiner Regung des Körpers und der Seele fähig. Allmählich aber gewann sie wieder Leben, ein neues, fürchterliches Leben! Bei Tage saß sie unter den Ihrigen als die unreine Schänderin des Familientempels, betrog die ahnungslosen Eltern um ihr zärtliches Lächeln und ihre liebevollen Worte, wandelte durchs Dorf als die leibhaftige Lüge und des Nachts musste sie sich hüten in lautes Schluchzen auszubrechen, denn in derselben Stube schliefen noch Geschwister. In der Kirche kniete die Lehrerstochter an der Spitze der Jungfrauen und durfte mit keiner Miene verraten, dass ihr Gebet der Notschrei einer elenden Seele war, wenn auch der Gekreuzigte voll Trauer auf sie niedersah und die Mutter Gottes, die unter dem Kreuze stand, so voll Schmerz über ihre Sünde himmelwärts blickte. Nur dann und wann fand sie auf kurze Augenblicke Gelegenheit, in einsamem Winkel sich schluchzend unter der Last des Schmerzes zu winden. Der Beichtiger kannte ihr Geheimnis, aber seine strengen Vorwürfe trösteten nicht, und seine Mahnung, nicht wieder solche Sünde zu begehen, bewies, wie wenig er ihren Jammer verstand. Wohl ward sie losgesprochen von ihrer Sünde, aber keine Reue reinigte den befleckten Leib, keine Buße tilgte die schauervolle Erinnerung an die Schuld, die jetzt so hässlich schien, wie sie Hässlicheres nichts denken konnte. Als fromme Christin durfte sie den verstorbenen Verführer nicht hassen. Er war ihr auch nichts anderes als der Träger jenes Bösen, vor dem sie gewarnt war, mit dem sie in frevelhaftem Leichtsinn getändelt hatte und sie wälzte nichts ab auf ihn von der eigenen Schuld. Unter dem Schmerze ihres heimlichen Jammers reifte allmählich eine neue Erkenntnis. Gott, Christus, Maria, die der niegestörten Gewöhnung frommen Glaubens keine bloßen Begriffe, sondern deutlich vorstellbare, überirdische Gestalten waren, zu denen sie wie zu den Eltern in einem lebendigen Gemütsverhältnisse stand, hatte sie durch Beichte, Reue und Buße versöhnt. Aber die Erziehung des Vaters hatte noch andere Gedankenkeime als rein religiöse Vorstellungen in ihre Seele gepflanzt und die Lebensenergie eines jungen Land-mädchens hielt sich im bittersten Schmerz so weit aufrecht, um nicht in einer stumpfen Frömmelei abzusterben. Sie verband sich bei Afra mit den religiösen Begriffen zu einem heiligen Ernste, der, auf Glück demütig verzichtend, die Existenz des Bösen in der Welt tief betrauernd, im Leben die Summe schwerer Pflichten sah und gut zu sein als den höchsten Daseinszweck erkannte. Ehe sie noch sich klar werden konnte, wie in ihren Lebensverhältnissen sich die praktische Betätigung dieser in der schlichtesten Gedankenform ihr vorschwebenden Lebensphilosophie gestalten sollte, starb nach kurzer Krankheit der Vater. Nach längerem Widerstreben der Mutter wurde es doch zu einer Notwendigkeit, dass Afra in die Stadt ging, einen Dienst zu suchen. Sie war für einfachere Handar-beiten sehr geschickt, und noch beim Abschied meinte die Mutter, wenn es ihr gar zu schwer fiele, einen besseren Dienst zu finden, solle sie wieder heimkehren und zusehen, ob sie als Näherin durchkomme, ehe sie sich allzu niederer Arbeit unterwürfe. Afra aber war trotz der Liebe zur Heimat froh draußen im großen Leben Gelegenheit zu werktätiger Buße zu finden und im Stillen fest ent-schlossen, auch die härtesten Dienste zu übernehmen. Mit einer Art von Kampflust betrat sie die glänzende Hauptstadt. Als man ihr nun die Stelle bei der Geliebten des Königs anbot, waren ihre Bedenken nicht nur durch die Heiterkeit der Verdingerin und der

Frau Bachmann so rasch beseitigt worden, sondern sie erinnerte sich auch der liebenden Ehrfurcht, mit der man in der Heimat vom König sprach. So mochte eine Königsgeliebte wohl etwas ganz anderes sein, als ihr vorgeschwebt. Zudem war die Aussicht etwas lernen zu können bestechend, denn ein wesentliches Ziel war auch, die Ihrigen nach Kräften zu unterstützen. Frau Kullichs Eröffnungen ließen ihr aber, trotz des Zusatzes, es sei dies etwas anderes als bei den Bauern, keinen Zweifel, dass sie sich an einem Orte befand, an dem sie am wenigsten hatte sein wollen. Von Tag zu Tag entrollte sich ihr reicher und deutlicher das Bild einer Welt, in der die Sünde die Triebkraft war, die alles in Bewegung setzte, eben die Sünde, um derentwillen sie so viel gelitten hatte. Was bei ihr der folgenschwere Fehltritt eines Augenblicks gewesen, war hier Gewöhnung und wessen sie sich als eines teuflisch Hässlichen mit Schauder erinnerte, dies zum glänzenden Zauber zu wandeln, war hier das Tagwerk emsiger Hände. Sie schämte sich vor sich selbst ihres befleckten Leibes. Hier bot ihn die Herrin den Händen der Dienerinnen als ein sorgsam zu pflegendes Kleinod. Sie hatte gebangt vor dem Fluche des Vaters, vor der Verachtung der Menschen, würde ihr Geheimnis verraten, hier wurde die offenkundige Schande mit fürstlichen Ehren und Kosenamen ausgezeichnet.

Als sie dann in ihrer Umgebung herumhörte, war diese Sünde in der großen Stadt nur ein Schicksal, das da zum Elend, dort zum Glanze führte. Wo der Glanz war, war auch der Erwerb; auf ihn aber kam alles an, und lieber sogar diente man dem besser zahlenden Laster als der kärglich lohnenden Ehrbarkeit. Im Palaste des Königsliebchens hatte sich ein Dienstmädchen nicht gegen die Nachstellungen des Herrn und des Haussohnes zu wehren, und dieses für den Empfang des Geliebten zu putzen, war nicht so anstößig, als der gnädigen Frau beim Ehebruche fördernd beizustehen. Solche Dinge aber traten anderswo an sie heran, und, war sie auf die Straße gesetzt, dann mochte sie zusehen, wie sie im Gedränge zurechtkam. Da war der Stärksten schon der Mut vergangen, und die zuversichtlichste Tugend hatte Schiffbruch gelitten. Der Strom redete von Verzweifelten, die bei ihm Schutz gefunden. Sie fürchtete sich nicht vor dem düsteren Bilde, das vor ihr stand, und kampfesmutig hätte sie sich hinausgewagt ins Gedränge eine andere, reinere Stätte zu suchen; sie war auch nicht gesonnen, ihre strenge Anschauung der vergangenen Schuld zu wandeln. Heute Nachmittag, als die vor der Voliere stehende Gebieterin ein so liebliches Bild bot, war es klar und deutlich in ihr aufgestiegen, das Gefühl des Mitleides mit der, die trotz aller Pracht nichts anderes war, denn eines jener armen Wesen, die in dieser fürchterlichen Stadt Schiffbruch leiden, und am Abend bei der Toilette gesellte sich diesen durch der Herrin leichtfertiges Wort erst zurückgedrängten, dann neu erwachenden Gefühlen noch eine andere Regung. Als sie zu Füßen der vor ihr Sitzenden kniete, ihr die Schuhe anzuziehen, da dünkte es ihr, wie eine besonders gottgefällige Buße für die eigene Schuld, so sich zu demütigen vor einer Sünderin. Weiter spannen sich die Gedanken, da sie der Rückkehr der Herrin im Garderobezimmer einsam sitzend harrte. Von einigen freundlichen Worten des Königsliebchens zu dessen näherem Vertrauen war es noch gar weit. Aber schon oft hat sich die Vorsehung niederer Werkzeuge zu großen Taten bedient, und eine große Tat wäre es, könnte sie dieses im Reiche des Bösen gefangen gehaltene, liebliche Geschöpf befreien und auf die Bahn des Guten führen. Das wäre eine werktätige Buße, eine wunderschöne Sühne der eigenen Schuld!

Die Herrin kam zurück. Sie schien betrunken. In dem Zimmer, das Afra mit dem schon fest schlafenden Binchen teilte, betete sie in ihrem Bette für deren Seelenheil und bat Gott, ihr, der niederen Magd, den Weg zu offenbaren zu deren Rettung.

6.

Frau Bachmann erfuhr durch Binchen, dass diese Afra, die still einherschleichende Duckmäuserin, sich täglich mehr in die Gunst des gnädigen Fräuleins einzuschmeicheln verstehe.

»Ich kann gar nichts mehr recht machen!«, klagte sie. »Immer werde ich gescholten und schon zweimal habe ich mir sagen lassen müssen, bei Afra brauche man nicht so viel zu reden!«

Fräulein Duval bestätigte die Angaben ihrer Untergebenen und erzählte, es sei ganz auffällig, wie sanft und gut gelaunt das gnädige Fräulein sei, wenn Afra den Dienst habe und wie empfindlich und reizbar es sich gegen Binchen zeige. Weiter wurde berichtet, man habe auch schon bemerkt, dass Afra in längere Gespräche gezogen würde und, wenn das gnädige Fräulein sich zu Bett begebe, dauere es oft lange, bis sie entlassen würde, während Binchens Dienst in diesem Falle binnen weniger Minuten erledigt zu sein pflege.

Diese wusste zu erzählen:

»Letzthin wachte ich auf, als sie vom Nachtdienst in unsere Schlafstube kam. Es war gerade Mondschein, und ich konnte deutlich sehen, dass sie, nachdem sie das Licht ausgelöscht hatte, noch eine gute Weile aufrecht im Bette saß und betete.«

»Sie ist eine Fromme und will vielleicht das gnädige Fräulein bekehren!«, setzte sie spottend hinzu.

Frau Bachmanns ernstes Gesicht veranlasste Fräulein Duval mit einem leichten Lächeln von ihrer Wahrnehmung zu erzählen, dass das gnädige Fräulein, das sich sonst vor den Dienerinnen sehr ungeniert zu gebärden pflege, wenn Afra zugegen sei, in allerlei kleinen Zügen etwas wie Geschämigkeit zeige.

Alsbald richtete die Bachmann an Kitty die Frage: »Euer Gnaden sind noch immer mit dieser Afra zufrieden?«

»Oh sehr!«, lautete die Antwort.

»Die Person soll ja eine Frömmlerin sein?«, fuhr jene in gedehntem Ton fort.

»Haben Sie das schon wieder ausgekundschaftet? Wollen Sie dem Mädchen etwas am Zeuge flicken, weil es bei mir zu sehr in Gunst steht?«, versetzte Kitty und wies mit boshaftem Lächeln die Zähne. »Nun, meine Liebe, *die* verjagen Sie mir nicht, denn ich habe sie sogar sehr gern. Und damit man sieht, dass ich doch auch noch etwas in meinem Hause zu sagen habe, so wird Afra von jetzt an den persönlichen Dienst allein bei mir haben, und dieses Binchen, dessen Art ich nicht liebe, wird ausschließlich den Garderoben- und Zimmerdienst tun.«

Frau Bachmann wurde blass, indessen Kitty klingelte und der auf das besondere Zeichen herbeigekommenen Kammerfrau ihre Ordre mitteilte.

Die Bachmann fasste sich rasch und meinte, sie habe natürlich nicht das Geringste gegen der Gnädigen Vorliebe für jenes Mädchen einzuwenden und werde offenbar ganz missverstanden. Sie habe nur gemeint, eine Frömmlerin sei der Gnädigen selber unangenehm, weil solche Personen meist heimtückisch und intrigant zu sein pflegten.

»Das ist meine gute Afra ganz und gar nicht«, antwortete Kitty gelassen.

Als Frau Bachmann sich baldmöglichst unter einem Vorwand zurückzog, um erst über das Geschehene sich besinnen zu können, stieß sie zufällig auf Afra.

»Ich gratuliere, Fräulein!«, sagte sie mit zorngepresster Stimme. »Sie haben ja ein seltenes Talent sich bei großen Damen einzuschmeicheln. Lernt man das von dem Herrn Pfarrer in Ihrem Dorfe?«

»Ich tue meine Pflicht, und das gnädige Fräulein sieht, dass ich es gut meine. Das ist wohl alles!«, lautete die mit sanfter Bestimmtheit gegebene Antwort.

»Wissen Sie, dass Sie hier gar nichts zu *meinen* haben!«, zischte Frau Bachmann das Mädchen an.

Afra hielt ihrem Zorne schweigend stand. Aus den mandelförmigen dunklen Augen aber traf die gefürchtete Frau Leibkammerdienerin ein Blick, vor dem sie erst verwundert stutzte, um dann mit der Phrase: »Wir sprechen uns noch!« davonzugehen. In diesem Blicke, den man nicht unbescheiden nennen konnte, lag doch etwas Drohendes, etwas unangenehm Mutiges. Die Meinung, eine solche unerfahrene Landjungfer sei besser in der Umgebung des Königsliebchens als irgendein naseweises, geriebenes Dingelchen, hatte da zu einem argen Missgriff verleitet. Bekehrung war Unsinn; aber als Feindin musste diese Person betrachtet werden.

Binchen weinte heiße Tränen über ihren Ausschluss vom persönlichen Dienst. Das sah wie eine Degradierung aus, und überdies hatte trotz der neulichen üblen Launen der Herrin ein geheimer Reiz in diesen Obliegenheiten gelegen, den nunmehr zu missen ihr schwerfiel.

Afra wurde befohlen, die Herrin zur Spazierfahrt umzukleiden. Diese entstieg in ganz weiten, reichgestickten und durchbrochenen Beinkleidern aus Batistleinen den niederfallenden Röcken. Das Hauskorsett selber öffnend, sagte sie zu der nach den Röcken sich bückenden Dienerin:

»Ich will jetzt immer ›Du‹ sagen, Afra! Ist dir's recht?«

»Oh gewiss, Euer Gnaden!«, erwiderte Afra und fing das leichte rosaseidene Atlasschnürleibchen auf, das ihr Kitty zuwarf. Dann nahm sie wassergrüne Seidenbändchen und Kokarden vom Toilettetische und vertauschte diese niederkniend mit den rosafarbenen Durchzugbändchen und Seitenkokarden des Beinkleides. Kitty löste selbst die schmalen Bänder, die das dem Beinkleide gleichartige Hemd an den Schultern befestigten und hielt dieses mit einer Hand unter dem hochgerundeten, jugendlich frischen Busen. Afra bespritzte, sie umschreitend, aus einem kleinen Gummiballe mit silbernem

Siphon den milchweißen Hals, den schön gerundeten Nacken, die vollen Oberarme und, während diese sich wechselnd hoben, die Achselhöhlen. Mit einem rauen Wolltuche wurde dann die fein duftende Büste abgetrocknet. Die Schulterbändchen wurden jetzt auch vertauscht. Dann setzte sich Kitty auf ein Tabouret und, wieder vor ihr kniend, legte ihr Afra statt der schwarzen Seidenstrümpfe dunkelgrüne mit gelben Tupfen an. Kitty streifte das Beinkleid etwas auf, und um die Strümpfe wurden breite, wassergrüne Seidenbänder gelegt, mit großen Schleifen und goldenen Schnallen an der Seite und vorn leicht darüber sich neigenden, künstlichen Maiglöckchen. Während dieses Geschäftes unterbrach Kitty plötzlich die bisherige Stille mit den Worten:

»Die Bachmann hat dich bei mir angeschwärzt, du seist eine Frömmlerin. Ich weiß wohl, dass du an diese Geschichte glaubst, aber mich geniert das nicht und, gerade um sie zu ärgern, habe ich die neue Anordnung getroffen.«

Afra zog der Herrin vorsichtig die englischen Stiefeletten an. Kitty richtete sich auf. Während sie ihr das in Übereinstimmung mit Hemd und Beinkleid, an der gestickten Bordüre wassergrün durchzogene, erste Röckchen umwarf und es festband, legte Afra ein gutes Wort für Binchen ein.

»Lass das!«, entgegnete die Herrin. »Ich habe sie ja nicht fortgeschickt. Schon lange wollte ich's so einrichten. Die Bachmann möchte dich nur wegbeißen, weil sie sieht, dass ich dich gern habe. Das soll sie aber nicht! Wenn dir irgendwer was tut, dann sag mir's nur!«

»Euer Gnaden sind sehr gütig!«, sagte Afra.

»Ich hab' dich wirklich lieb«, fuhr Kitty fort. »Lass' dich nur nicht verderben! Equipagen und Diamanten gibt's einmal nicht für jede, und das andere ist Unsinn!«

»Ich denke nicht an dergleichen!«, bemerkte Afra bescheiden und schmiegte das wassergrüne, mit Maiglöckchen bestickte Seidenkorsett der Herrin sorgsam an die Hüften.

»Na, na«, meinte diese, »das kann schon anders werden trotz aller Frömmigkeit.«

Als Afra die Haken ineinander gezwungen hatte und nun im Rücken die Schnüre festzog, sprach sie weiter:

»Es lässt sich eben einmal nicht ändern, dass die Dinge hier anders sind als in deinem Dörfchen. Wird dir doch manches ins Blut gehen!« Die Hände in die Seiten stemmend, streckte sie sich im Korsett zurecht und fuhr fort:

»Bekommst es oft genug zu hören, wie sie sich auf das Königsliebchen berufen und meinen, wenn man's auch nicht so weit bringt, solle man doch nicht verstecken, was man Schönes hat.«

Während alsdann Afra den mit schwarzer Tüllspitze überdeckten Jupon von dunkelgrüner Seide festheftete, meinte sie mit leisem Lachen:

»Ich komme mir ganz spaßig vor mit meinen Mahnungen. Aber ...«

Der Rock war befestigt. Sie wandte das Gesicht wieder der Dienerin zu und sagte:

»S'ist mir so ... ich möchte dich immer nur so recht gut, recht brav denken. Ich ... na ja ... was finge ich mit Bravheit an? Aber es tut wohl, so was um sich zu haben. Ich schaue dich darum so gern an.«

Sie hatte ihre Hände auf Afras Oberarme gelegt, und ihre Vergissmeinnichtaugen starrten eine Weile auf das verwirrt lächelnde Mädchen.

»Mach fertig!«, befahl sie dann kurz.

Afra zog ihr die rehfarbene, mit leuchtend grünem Samt ausgeputzte Straßentoilette an, steckte das Kapothütchen aus goldigem durchbrochenen Gewebe und Bändern, die dem Kleidausputz entsprachen, fest, legte das Mäntelchen über die Schultern, das sich aus einer Stufenfolge dunkelgrüner Kragen mit schmaler, gelber Einfassung zusammensetzte, und knüpfte ihr die Handschuhe zu.

»Sieh' zu, ob der Wagen bereit ist!«, lautete endlich der Befehl. Als Afra nach einer Minute bejahenden Bescheid gebracht hatte, raschelte Kitty eilfertig kleinen Schrittes davon und winkte ihr noch an der Türe mit den Worten zu:

»Adieu, Afra!«

In sehr erregter Stimmung blieb diese im Toilettenzimmer zurück. Diese herzliche Vertraulichkeit der Herrin war zwar unerwartet gekommen, aber doch nicht völlig überraschend. Seit jener ersten Anrede vor der Voliere hatten sich die Zeichen ihres Wohlwollens stetig gemehrt, von der Antwort auf den Morgengruß bis zu der freundlichen Art des Befehles und des Dankes für eine Dienstleistung.

Gerne benutzte Kitty jede Gelegenheit zu einem Gespräche und des Abends, wenn sie schon im Bette lag, sagte sie wiederholt: »Ich will noch ein bisschen plaudern!« Afra erzählte allerlei von der Heimat und der Kindheit im Elternhause, und die Herrin war dann zuweilen ganz lebhaft geworden und hatte von ihrer »Mama«, von Orten, deren sie sich dunkel erinnerte, von der Schule gesprochen. Auch kannte Afra allerlei Sagen und Volksgeschichten, wie sie der Vater zu erzählen pflegte, sowie heitere und schreckhafte Ereignisse, die im Laufe der Jahre im Umkreis der Heimat vorgekommen waren. Den Krauskopf auf einen Arm gestützt, lag die Herrin im Prachtbette, von kostbarem Nachtgewand umhüllt und lauschte mit der großäugigen Neugier eines Kindes den Geschichtchen der Dienerin, kaum, dass eine Viertelstunde vergangen war, seit der König sie verlassen hatte. Zuweilen freilich griff sie auch eine ganz harmlose Wendung auf, um daran eine hässliche Rede zu knüpfen, die das Geplauder auf böses Gebiet lenken sollte. Mit grinsendem Lächeln sah sie dabei Afra an und wand sich unter der seidenen

Decke in den Hüften; dieser aber kam die Erinnerung an die schönen Hexlein der Sage, denen Mäuse aus dem Munde springen. Sie brach in solchen Fällen, wenn es sich eben schicklich tun ließ, die Unterhaltung ab oder fuhr in ihrer Erzählungsweise fort, als habe sie der Herrin Meinung gar nicht verstanden. Bei mannigfacher Gelegenheit sprangen dieser die Mäuse aus dem Munde, und zuweilen schien es Afra, als sollte sie absichtlich damit geneckt werden. Da stieg auch einmal ein zorniger Unwille in ihr auf, und sie dachte daran, sich doch endlich dem eklen Possenspiele zu entziehen, in dem man sich vor einem verdorbenen Kinde voll böser Unarten verbeugen und es »Euer Gnaden« nennen musste. Aber immer wieder errang der Zug der Liebe den Sieg über solche Verstimmungen, denn immer wieder glaubte sie Spuren besserer Regungen in diesem sündhaften Geschöpfe zu entdecken, aus aller Unsauberkeit der Seele aufleuchtende Lichtpünktchen des guten Willens, und der Glaube an ihre Sendung stärkte sich daran, obwohl sie keinen Weg sah.

Der Versuch, in die Kindheitserinnerungen, für die sich die Herrin so empfänglich zeigte, religiöse Anklänge einzuschmuggeln, scheiterte an einer völligen Gleichgültigkeit. Offenbar hatte schon in deren Kindheit die Religion keine Rolle gespielt. »Das ist ja doch nicht wahr!« – »Das ist komisch!« – »Erzählen Sie doch was anderes. Das ist ja dummes Zeug!« Mit derlei kühlen Redensarten wurden Versuche dieser Richtung abgelehnt, und Afra war sich klar darüber, dass die Dienerin nicht eine zudringliche Erörterung beginnen durfte. Mit dem Geplauder von Heimat und Jugend und dem Geschichtchenerzählen schien es aber auf die Dauer doch nicht getan. Jetzt war nun ein ganz neues Licht in die Sache gekommen, aber ein höchst peinliches, höchst verhängnisvolles Licht. Die Reinheit war es, was die sündige Herrin in ihr so gerne anschaute, wovon sie in geheimnisvollem Zärtlichkeitsdrange gelockt wurde. Rein war sie wieder durch Reue geworden. Aber nie würde der

Herrin verdorbener Sinn solche Reinheit achten, und der verheißende Zauber war gebrochen, sah sie nicht mehr eine Unbefleckte vor sich. Unerträglich schien es ihr dagegen, mit einer widerlichen Lüge schweigend die Herrin darüber zu täuschen, dass es nicht mehr der echte Duft der Jungfräulichkeit war, der von ihr ausströmte, dass auch ihr Leib den Makel trug. Überhebung war es gewesen, freche Hoffart, mit der sie sich angemaßt hatte, ein Werkzeug Gottes sein zu können. So gnädig ist er nicht, dass er eine Gefallene zu einer Tat wählt, die eines Engels würdig ist. Innig, mit ganzer, hingebendster Schwesterseele liebte sie in diesem Augenblick das unkeusche Geschöpf, das aus dem Sumpfe zu ihr die Arme emporstreckte und sagte: »Ich schaue so gerne die Reinheit in dir!« Sie konnte die Schwester nicht retten, sie musste sie zurücksinken lassen in den Sumpf!

Die Spiegel, die sonst die nackten Reize des Königsliebchens von allen Seiten widerstrahlten, gaben die Gestalt der auf einem Tabouret zusammengekrümmten, die unwiederbringlich verlorene Unschuld bitterlich beweinenden Afra zurück.

Als die Herrin von der Spazierfahrt heimkehrte, stand schon Afras Entschluss fest, ihr, welches auch die Folgen sein mochten, bei schicklichem Anlasse die Wahrheit zu offenbaren, denn sie hatte sich darauf besonnen, dass diese, wie ihre Art einmal war, früher oder später zu Fragen kommen würde, deren Beantwortung nur in einer unmittelbaren Lüge oder aber in einem Geständnis bestehen konnte, dessen Verspätung umso schädlicher wirken musste. Sie wunderte sich sogar, dass es bisher noch nicht zu dergleichen gekommen war. Zunächst ergab sich auch jetzt keine Gelegenheit, und sie fasste sich auf eine solche beim Schlafengehen der Herrin.

Diese pflegte, sobald der König ihre Gemächer verlassen hatte, der im Garderoberaum harrenden Zofe zu klingeln und wurde von ihr meist schon im Schlafzimmer angetroffen, jedenfalls aber im

Boudoir. Afra hatte schon längst das Geräusch des davonrollenden Wagens gehört und lauschte mit vergeblicher Spannung auf das sie rufende Zeichen. Allmählich wurde sie unruhig, ging ungerufen in das Schlafzimmer, das sie leer fand, und horchte an der Boudoirtür. Tiefe Stille herrschte. Nach einigem Zögern öffnete sie die Türe. Auch dieser Raum war leer, aber gegen sonstige Gewohnheit war die orientalische Rohrgardine vor dem Kuppelraum weit geöffnet und silbriges Sicht, wie Mondenschein, drang Afra daraus entgegen. Eine gute Weile horchte sie noch einmal ängstlich auf irgendeinen Laut. Sie hatte sich nicht getäuscht, der König war bestimmt fortgefahren. Ihr wurde entsetzlich bange in der totenstillen, lichtdurchfluteten, wohlgeruchdurchwehten Pracht. Endlich stürzte sie mit verzweifeltem Entschluss in den Kuppelraum hinein, um alsbald einen kurzen Schreckensruf auszustoßen.

Da lag die Herrin auf den Fellen wilder Tiere mit von sich gestreckten Armen. Die mit Spitzen und Netzwerk von Goldschnüren reich verzierte Negligérobe aus graublau schimmerndem Plüsch wallte ihr wirr um die Beine, dass die blumenbestickten himmelblauen Strümpfe sichtbar waren. Afra kniete nieder und sah die Brust sich atmend bewegen. Sie ordnete die Kleider der Herrin und rief und rüttelte sie sanft am Arme. Endlich kamen lallende Laute von deren Lippen. Sie erkannte, dass die Herrin sinnlos betrunken war. Ein Versuch sie zu tragen, misslang. So richtete sie die Gestalt mühsam auf und schleifte sie Schritt für Schritt nach dem Schlafgemache. Dort erwachte die Trunkene während des Umkleidens auf eine Sekunde zu halbem Bewusstsein. »Afra!«, murmelte sie und sah die Zofe mit gebrochenem Blicke an. Afra beobachtete noch eine Weile den tiefen Schlaf der Herrin.

»Armes, armes Geschöpf!«, sagte sie dann und hauchte einen zaghaften Kuss auf die Stirn der Schlafenden, ehe sie ging.

Spät am Vormittag wurde sie von der erwachenden Herrin gerufen, die ihr entgegenklagte:

»Oh, mir ist so elend! Ich bin so krank!«

Der Meinung Afras, noch liegen zu bleiben, widersprach sie aber mit den weinerlich klingenden Worten:

»Das Bad wird mir gut tun!«

Langsam, mit schlaff niederhängendem Kopfe glitt sie aus dem Bette und steckte die Füße in die Badepantöffelchen. Als sie dann aufrecht dastand, legte sie die Arme auf Afras Schulter und sagte, sich leicht an deren Brust schmiegend! »Ich schäme mich vor dir!«

Afra schwieg, aber ihre Rechte berührte mit ganz leiser Liebkosung der Herrin Oberarm. Als sie nach dem Bade im Boudoir den Morgentee servierte, ergriff diese ihre Hand und sagte, aus ihrer liegenden Stellung zu ihr aufblickend: »Setz dich ein wenig zu mir. Da, das Kissen trag dir her! Näher! So!« Afra setzte sich bescheiden auf das seidene Doppelkissen mit den schweren Quasten, dicht am Kopfe der auf dem niederen Diwan gestreckten Herrin und goss dieser aus der kleinen Goldkanne den rauchenden Tee in die gleichartige Schale, die auf einem mit Perlmutter eingelegten japanischen Tischchen stand, das Kitty, ohne sich zu erheben, bequem erreichen konnte. Während diese den Trank abkühlen ließ, sagte sie, an der vor ihr niederhängenden Quaste des Doppelkissens mit den weißen Fingern spielend:

»Ich bin ein rechtes Schwein, nicht wahr?«

»Euer Gnaden!«, wehrte Afra ab.

»Vor den anderen, weißt du, da habe ich mich nicht geniert. Aber du, du gehst am Ende fort, magst nicht bleiben, wo es so zugeht.«

»Wenn Euer Gnaden es nicht wünschen, werde ich nicht gehen!«, antwortete Afra.

»Wirklich nicht?«, rief Kitty, sich mit lebhafter Bewegung ein wenig aufrichtend. »Das ist sehr lieb von dir!«

Dabei klopfte sie der Dienerin auf den Arm. Dann nippte sie vom Tee und biss mit Behagen in ein Lachsbrötchen.

»Befinden sich Euer Gnaden jetzt besser?«, fragte Afra.

»Jetzt nach dem Bade schon; nachmittags kommt es erst so recht heraus. Wie war denn das eigentlich heute Nacht?«

Afra erzählte in wenigen Worten den Hergang.

»Ja, ja … Ich habe … ihn nicht wie sonst bis in den kleinen Salon begleitet und muss gefallen sein, als ich dir klingeln wollte. Wüst, wüst! … Du musst es nicht falsch nehmen. Ich trinke gern Champagner und habe manchmal ein bisschen was weg; aber so arg kömmt es doch nur selten.« Kitty streckte den Kopf näher gegen die Dienerin und fuhr in leiserem Tone fort:

»Er war furchtbar schlechter Laune. Da hat er denn immer seine Schrullen, und, wenn ich widerstrebe, gibt er mir hässliche Namen. Ich musste sehr viel trinken, immer das ganze Glas auf einen Zug, und dann hieß er mich noch den Kopf in seinen Schoß legen und goss mir selber den Sekt in den Mund. Da muss man ja betrunken werden!« Afra sagte zögernd:

»Bei mir zu Hause denkt man sich den König so ganz anders – so viel besser.«

»Er ist auch gut«, antwortete Kitty, »und alle Leute haben ihn sehr lieb. Ein so mächtiger Herr will aber nicht im Zwang leben, und immer gut sein müssen, ist ein Zwang. Dass er auch einmal anders sein kann, so, wie er gerade das Gelüste hat, dazu bin ich eben da. Vor seinen Untertanen muss er sich als würdiger König zeigen, das ist er seiner Ehre schuldig. Vor mir braucht er sich nicht zu schämen und kann er sich gebärden, wie es ihm beliebt.«

Afra schüttelte langsam den Kopf.

»Er ist auch mit mir meist ganz gut!«, fuhr Kitty fort. »Wenn er mich schlecht behandelt hat, tut es ihm hinterher immer leid. Gewiss schickt er mir heute irgendein Geschenk. Aber geschämt habe ich mich wahrhaftig vor dir. S'ist ganz gut, dass du bei mir bist …«

Nach einer Weile, indessen sie starr vor sich hinsah, sagte sie:

»Letzte Zeit träume ich wieder von Mama. Sonst habe ich immer nur unanständige Sachen geträumt. Das kommt von dir. Seit meine gute Mama tot ist, seit meinem zehnten Jahre, hat mich niemand mehr lieb gehabt. Du hast mich aber lieb?«

»Von ganzem Herzen, Euer Gnaden!«, antwortete Afra bewegt.

Kitty setzte sich auf und raunte ihr vertraulich zu: »Wenn wir allein sind, dann sag' nicht Euer Gnaden zu mir. Duze mich auch!«

»Ich, der Dienstbote!«, meinte Afra zaudernd und von einem drückenden Gedanken beschwert.

»Ich will's, ich will eine Freundin haben! Und jetzt gib mir auch einen Kuss!« Mit diesen lebhaften Worten wendete sie Afra ihr Gesicht zu. Diese aber, in deren heißgeröteten Zügen verhaltenes Weinen zuckte, sprach leise, gesenkten Hauptes vor sich starrend:

»Ich darf es nicht, denn ich bin nicht, wofür Sie mich halten.«

»Was soll das heißen?«, fragte Kitty verwundert. Dicke Tropfen rannen langsam über Afras Wangen, als sie in wenig Worten ihr Geständnis ablegte.

»Auch du!«, sagte Kitty gedehnt und erst nach einer kleinen Pause befragte sie die jetzt heftig Weinende nach dem Näheren. Afra erzählte und erzählte auch von den bitteren Qualen ihrer Reue.

»Armer Schelm!«, sagte Kitty dann, ihr die Hand auf die Schulter legend. »Da hast du viel durchgemacht. Aber da sieht man's, was es mit solchen Liebschaften ist! Und jetzt willst du gar nichts mehr von den Männern wissen?«

Afra lächelte bitter.

»Freilich, wenn man so hereingefallen ist«, fuhr Kitty nachdenklich fort. »Und doch … die Frömmigkeit hat dich so über alles hinweggebracht, als wenn es gar nicht gewesen wäre?«

»Nicht, als ob nichts gewesen wäre!«, versetzte Afra schwer aufseufzend.

»Ich meinte ...«, fuhr Kitty, alsbald stockend, fort, »ich wollte nur sagen, dass du wieder so ganz brav geworden bist ...«

Dann fasste sie Afra an beiden Schultern und sagte lebhaft:

»Mir bist du fast lieber, da ich das weiß, dass es auch dich nicht verschont hat. Und du hattest Vater und Mutter, und nichts zwang dich dazu.«

»Ich wollte dir nicht weh tun, nein, nein!«, unterbrach sie sich, als Afra heftig aufschluchzte. »Bei der einen geht es so, bei der anderen anders. Alle sind wir dazu da, dass die Männer uns schlecht machen, und die verschont bleiben, bleiben es nur deshalb, weil sie ihnen nicht nahe genug kommen können.«

Afra schüttelte den Kopf.

»Das glaubst du nicht?«, sagte Kitty. »Du beweisest es ja gerade. Du wärst auch nicht fromm geworden, wenn er reich gewesen wäre und dich zur großen Dame gemacht hätte. Dann hättest du nach seinem Tode dir eben einen anderen Liebhaber gesucht. Aber mir bist du recht so. Mir gefällt deine Bravheit, und ich weiß dazu, dass du auch schon was erlebt hast. Das gibt viel mehr Zutrauen. Und jetzt gibst du mir doch einen Kuss!«

Lächelnd näherte Afra ihr Gesicht, und Kitty küsste sie zweimal auf den Mund.

»So, jetzt bist du meine Freundin, ganz im Geheimen; das ist reizend!«, sagte Kitty und rieb sich die Händchen, die sie dann über den Kopf legte, um fortzufahren:

»Fromm brauche ich ja deshalb nicht auch zu werden.« – »Aber«, setzte sie hinzu, »ein bisschen will ich doch von dir lernen. Die anderen haben mich ja gar so schlecht gemacht!«

Ein Lakai begehrte vorgelassen zu werden und überreichte ein vom Hofjuwelier im allerhöchsten Auftrag geschicktes längliches Paket. Kitty ließ es durch Afra öffnen. In einem Samtetui lag, in zwei Teile zerlegt, ein Sonnenschirmstock ganz aus Elfenbein, der

Griff zierlich geschnitzt, mit Goldfiligran und Perlen verziert und eine Lapis-Lazulikugel mit Brillantsternen als Knauf.

»Hab' ich's nicht gesagt?«, wandte sich Kitty zu Afra. »Dafür kann man sich doch betrunken machen lassen? Bei Euch auf dem Lande gibt's so etwas nicht! Ihr habt leicht fromm sein und bereuen!«

Afra sah sich noch gezwungen, das Prachtstück mit einigen ungeschickten Redensarten zu bewundern, dann fand sie einen Vorwand, sich zurückzuziehen.

Sehr selten kam es in der Folgezeit vor, dass Kitty im Verkehr mit Afra ein Mäuslein über die Lippen sprang und, wenn es geschah, sah sie scheu wie ein ertapptes Kind auf deren ernster gewordene Miene. Aber der grellen Gegensätze und jähen Übergänge gab es in dem Freundschaftsbunde zwischen der sündigen Herrin und der büßenden Dienerin doch fast täglich.

Kitty hing mit überschwänglicher Zärtlichkeit an Afra.

Das »Guten Morgen« und »Gute Nacht« war stets von einem Kusse begleitet. Sie offenbarte eine mutwillige Freude, wenn es gelang, die Freundin in unauffälliger Weise längere Zeit bei sich zu halten und ersann dazu allerlei Vorwände. Immer wieder hörte Afra: »Ich hab' dich so lieb!«, und selbst vor der Dienerschaft wurde sie »liebe Afra« genannt, in den Unterhaltungen unter vier Augen hieß sie »Herzchen«, »liebes Kind« und dergleichen. Sie hatte Mühe, sich der Geschenke zu erwehren, die ihr immer wieder mit dringlichem Eifer angeboten wurden und kam schließlich nicht darüber weg, sich wenigstens reichliche Beiträge zur Unterstützung der Ihrigen gefallen zu lassen, da auf ihre anfängliche Weigerung Kitty mit schmollenden Tränen geantwortet hatte. Für die gemeinsame Unterhaltung fehlte es nie an Stoff, nötigenfalls mussten die Hunde, Affen und Papageien herhalten. Bei alledem änderte sich nichts an den sonstigen Gewohnheiten Kittys. So bemerkte Afra recht wohl, dass der in fremder Sprache geführte Verkehr mit der

Kammerfrau dazu diente, eingewurzelte Gelüste zu befriedigen. Das geschah mit der Heimlichkeit eines verbotenen Streiches. Der Ton der hingeworfenen oder gemurmelten Sätze, die scheuen Seitenblicke auf sie sagten ihr, um was es sich bei den Badegesprächen handeln mochte, und wiederholt nahm sie wahr, dass die Herrin in die Garderobestube, wo neben der Kammerfrau auch Binchen arbeitete, gegangen war und sich dann bei ihr verlegen und mit ungeschickten Ausreden förmlich verteidigte.

Auch nach manchen Damenbesuchen glaubte sie an der Gebieterin eine Nachwirkung zu bemerken, die einige Male geradezu danach aussah, als ob sie der neuen Freundschaft überdrüssig sei, sich davon gelangweilt fühle. Die Bachmann zwar hatte trotz ihres gewohnten täglichen Erscheinens ihren Einfluss so ziemlich verloren, und mit ihr gab es nach den eigenen Mitteilungen der Gebieterin mehr spitze Redensarten und Reizbarkeiten, als freundschaftliche Unterhaltungen. Frau Kern schien sich nur über Modeneuigkeiten und dergleichen zu unterhalten. Von den anderen aber, die gelegentlich vorsprachen, richtete sich Afras Interesse vor allen auf Frau von Ablinowski, die von der Gebieterin neuerdings besonders ausgezeichnet wurde und deren Namen sie öfters nannte, unter anderm auch in der Weise:

»Sie ist sehr chick und hat viel gesehen! Ich glaube aber auch, dass sie viel durchtriebener ist als alle anderen. Sie lässt es sich nur nicht so merken.«

Ein andermal sagte sie:

»Du gefällst der Ablinowski.«

In der Tat sah sie sich von dieser Dame mehrfach bei kleinen Handreichungen neugierig beobachtet.

War so ins Wesen der Gebieterin etwas Zwiespaltiges gekommen, ein Schwanken zwischen reinem Liebesbedürfnis und der Macht alter Gewohnheiten und Gelüste, so fühlte sich auch Afra selber verwandelt. Die schier fromm anmutende Zuneigung Kittys, aus der eine tiefinnerste Sehnsucht sprach, machte die Sünderin ganz und gar vergessen und auch der jugendwarmen Heiterkeit konnte sie sich nicht entziehen, ihr tat's selber wohl, dem strengen Ernste auf eine Weile zu entfliehen, und sie nahm teil an einem erquickenden Gelächter, in dem sich auch die eigene Jugend Geltung verschaffte. Sie stand nicht mehr einsam in der Fremde, war keine herablassend behandelte Magd, sondern die Gefährtin eines liebenswürdigen jungen Mädchens. Das gab so viel Behagen, das wärmte das Gemüt. Die Verhältnisse im Hause trieben erst recht dazu, sich an diesen wohltuenden Empfindungen immer wieder zu erquicken, in ihnen stets neuen Anreiz zu finden.

Frau Bachmann hatte ihre Ohnmacht eingesehen, irgendwie unmittelbar einzugreifen. Das Königsliebchen war so selbstständig geworden, dass ein zu dreistes Vorgehen sie höchstens völlig über Bord schleudern konnte. Es war ihr immer deutlicher geworden, dass nicht bloß von Afra, sondern auch von Frau von Ablinowski her ihre Macht untergraben wurde. Der Gatte aber hatte auf ihre Klagen hin sehr schroff jede Intrige bei der Person des Königs abgelehnt, da er seinen Einfluss für wichtigere Dinge als solche Weibergeschichten brauche, die den hohen Herrn nur ärgerlich machen könnten. Dazu aber sei umso weniger Anlass gegeben, als wie das Königsliebchen sich von ihr emanzipiere, auch er beim König den Höhepunkt des Einflusses überschritten habe. Die Dinge seien ebendahin gekommen, dass man ihrer nicht mehr unbedingt bedürfe, und da konnte eine Kleinigkeit Wirkungen üben, die er möglichst lange aufschieben wolle. Frau Bachman beschränkte sich demnach darauf, Afra möglichst Unbequemlichkeiten zu bereiten. Zu diesem Behufe ergänzte sie ihr eigenes möglichst verletzendes Benehmen gegen das Mädchen durch eine erfolgreiche Aufhetzung des ganzen Personals. Diese Duckmäuserin, so hieß es, will das Königsliebchen fromm machen. Natürlich lässt der König seine Geliebte nicht mittellos ihres Weges ziehen, sondern es gibt eine

Abfindung oder mindestens eine stattliche Pension, und während der ganze große Train sehen kann, wo er anders unterkommt, sitzt Fräulein Afra hübsch warm als Gesellschafterin des ehemaligen Königsliebchens und teilt sich mit den Pfaffen in die Beute. Mit einer Verschwörung hatte man es zu tun, mit einer feingesponnenen Intrige der Kirchlichen. Jedermann begegnete ihr trotzig und mürrisch, halblaute Schmähworte wurden ihr gelegentlich nachgerufen, mit allerlei kleinen Bosheiten suchte man sie zu ärgern und ihr den Dienst zu erschweren. Gerade Frau Kullich, die ihr bisher als die vertrauenswerteste Person des ganzen Hauses erschienen war, benutzte eines Tages ihre arglos freundliche Annäherung dazu, sie in Gegenwart mehrerer Dienstgenossen in heftigster Weise anzugreifen.

Sie wollte nichts zu tun haben mit einer solchen Schleicherin, sagte sie, die dunkle Zwecke verfolge und darauf ausgehe, ehrliche Leute um ihr gutes Brot zu bringen. Wenn sie es gar so ernst mit der Tugend meinte, dann wäre sie erst nicht in das Haus des Königsliebchens gekommen und hätte sich zumal nicht dazu gedrängt, ganz allein mit dem persönlichen Dienste betraut zu werden. Da gäb's doch allerlei, was frommen Augen und heiligen Händen ein Ärgernis sein müsste. Wie komme denn auch eine ganz gemeine Landpomeranze dazu, sich um das Seelenheil des Königsliebchens zu kümmern? Der Einfall sei nicht in ihrem Kopfe gewachsen. Ehrliche Dienstboten arbeiteten für ihre Herrschaft, der sie dienen, oder gingen, wenn ihnen die Herrschaft nicht passt, aber mit Spionieren und Intrigieren für andere Leute gäben sie sich nicht ab.

»So, jetzt kennen Sie meine Meinung«, schloss Frau Kullich ihre Rede. »Beschweren Sie sich, wenn Sie wollen und machen Sie, dass ich mit Mann und Kind hinausgeworfen werde. Mir gilt's gleich! Sagen musste ich Ihnen einmal, dass ich Sie für eine hinterlistige Kreatur halte.«

Die Zeugen lächelten höhnisch und nickten mit dem Kopfe.

Aber es erwuchs ihr ein Beschützer in dem Mohren Willy. Sie sah recht wohl, dass der schwarze Bursche in sie verliebt war. Diese Wahrnehmung berührte sie komisch, gefiel ihr aber auch mehr und mehr, denn Willy war sehr respektvoll gegen sie, und seine Beflissenheit, ihr gefällig zu sein, von anderen ihr bereitete Bosheiten zu hindern oder unschädlich zu machen, trug den Charakter einer gutmütigen Ritterlichkeit, die durch ein freundliches Wort, ein lächelndes Zunicken zu grinsender Freude beglückt wurde.

Auch Kitty wurde auf des Mohren verliebten Eifer für Afra aufmerksam und fand in kleinen Neckereien darüber eine neue Würze der freundschaftlichen Unterhaltungen. Diese hielt solchen Scherzen mit heiterer Abwehr stand. Der Gebieterin Freude an Putz und Modetand, die auch in den vertraulichen Gesprächen eine wesentliche Rolle spielte, erweckte dagegen auch in ihr das natürliche weibliche Interesse an solchen Dingen umso lebhafter, je mehr die tägliche Übung ihre Kenntnisse bereicherte und, je mehr Kitty bei den Vertraulichkeiten der Toilette sich eines größeren Zartgefühles gegen die bedienende Freundin befliss, desto geläufiger wurden dieser ihre Obliegenheiten als eine Berufsübung, die in den mannigfaltigen, höchste Sorgfalt, rasche Geschicklichkeit und genaue Aufmerksamkeit erheischenden Einzelheiten einen künstlerischen Reiz hatte. Sie war ehrgeizig darauf, jede Essenz, jedes Parfüm und die Dosis, in der sie verwendet wurden, im Griffe zu haben, das kosmetische Bad mit allen seinen Schikanen so zu bereiten, dass die Kammerfrau nur die Richtigkeit zu bestätigen brauchte, jedes Stück der Garderobe auswendig zu wissen und bei den Toiletteberatungen ihre Meinung abgeben zu können. Der Körper der Gebieterin war ihr ohne jeden Nebengedanken der Gegenstand höchster Kunstleistungen und feinster Hantierung geworden, in der sie mit der Kammerfrau wetteiferte, eifersüchtig, ihn nicht allein unter den

Händen zu haben. Der eigentliche Zweck all dieses Bemühens kam ihr gar nicht mehr in den Sinn, das Kommen und Gehen des Königs war ein ordnungsmäßiger Vorgang, über den man nicht sprach und nicht dachte. Zeitweilig freilich tauchte es in ihr wie Gewissensvorwürfe auf, dass sie ganz verweltliche und ihre religiöse Empfindung sich verflache. Aber sie war eben nicht mehr im Dorfe, und in der Welt geht es gar merkwürdig zu. Sie hatte dieses Königsliebchen so lieb, und ihm den Rücken zu wenden, weil es sich nicht mit Gewalt bekehren ließ, wäre doch nicht christlich gewesen. Man muss Geduld üben mit den Sündern. Dass sie all die Herrlichkeit hinter sich werfe und in Armut eine Heilige werde, war von ihr vernünftigerweise doch nicht zu begehren. Manches war schon besser geworden, und menschlich war es jedenfalls, einem Wesen treue Liebe zu bewähren, das sonst nur gewinnsüchtige Ausbeuter um sich gehabt und von Gutem gar nichts erfahren hätte.

7.

Frau von Ablinowski brachte die Nachricht, Frau Kern habe sich vergiftet. In den Zeitungen stand noch nichts, aber in der ganzen Stadt wusste man schon alle Einzelheiten der polizeilichen Vernehmungen. In einem jener kleinen Gasthöfe der Altstadt, die mehr als Schlupfwinkel für Liebespaare denn zur Beherbergung Reisender dienen, war es geschehen. Baron Ulstein vom auswärtigen Amt, dieser berühmte Don Juan, war ihr Liebhaber. Ihn kannten die Hotelbediensteten recht wohl, die Dame war bei ihren öfteren Besuchen stets tief verschleiert gewesen.

Kurze Zeit nach dem Eintritt des Paares in das ihm angewiesene Zimmer kam es zu einer heftigen Szene mit Schluchzen und lauten Ausrufen der Dame. Dann erschien Ulstein, ein wenig echauffiert, aber doch ziemlich ruhig und sagte dem Oberkellner, dem er ein besonders großes Trinkgeld gab:

»Es ist mir sehr unangenehm; wir haben uns etwas gezankt.«

Er meinte noch, die Dame werde sich beruhigt haben und aus dem Zimmer kommen. Dann entfernte er sich zu Fuß.

Als die Dame das Zimmer aber gar nicht verließ, Horcher nicht das leiseste Geräusch vernahmen und endlich Klopfen und Rufen unbeantwortet blieben, trat man endlich doch ein und fand sie tot auf dem Sofa liegen, ein leeres Fläschchen auf dem Teppich dicht unter ihr, ein Trinkglas mit einem Restchen Wasser auf dem Tische. Jetzt erkannten der Gasthofbesitzer und der Portier die Frau Kern vom Hotel Viktoria. Man fand keinerlei schriftliche Aufzeichnungen.

Bei seiner polizeilichen Vernehmung sagte Baron Ulstein aus, dass er ein seit langer Zeit zwischen ihm und Frau Kern bestehendes Verhältnis durch ausführliche schriftliche Erklärung abgebrochen und der Dame auf drei dringlich bittende Briefe unter ausdrücklicher Betonung seines festen Entschlusses eine letzte Zusammenkunft gewährt habe. Als diese nun sich anschickte, erst mit Bitten, dann in einer geräuschvollen Szene ihn umzustimmen, habe er sich zurückgezogen. Trotz ihrer Erregung habe die Verstorbene seine selbstmörderische Absicht angedeutet. Er wies den letzten der drei Briefe vor, und bei einer genauen Durchsuchung der Wohnräume der unglücklichen Frau fanden sich auch seine anderen Briefe, die postlagernd von ihr erhoben worden waren, vor.

»Der Herr Baron hat es für gut befunden, gleich heute Mittag eine Reise anzutreten«, schloss Frau von Ablinowski ihre Erzählung.

Kitty war in hohem Maße erregt.

»Mir tut sie ja auch leid, die arme Person!«, sagte Frau von Ablinowski mit ihrer sanften, die Worte langsam und ein wenig näselnd sprechenden Stimme. »Aber ihre Handlungsweise ist ganz entsetzlich spießbürgerlich, und ich habe sie doch immer für sehr chick, sehr aufgeweckt gehalten, wenn sie auch nicht gerade großen

Stil hatte. Von Leidenschaft war ja bei dieser Liaison keine Rede. Die Eitelkeit, der Kitzel des Erfolges, der Reiz des Verbotenen führten sie auf Seitenpfade. Und da überkommt diese reife Frau, weil der Baron die Liaison abbricht, der moralische Katzenjammer des gefallenen Mädchens! Das ist doch abgeschmackt! Aber ich kenne diese Kategorie von Frauen, die da meinen, so ein bisschen Todsünde mache die Beichte interessanter und nicht wissen wollen, dass zur Sünde Mut gehört.«

»Ich bin schuld daran!«, sagte jetzt Kitty, die aus die Rede der Ablinowski wenig geachtet und vor sich hingestarrt hatte. »Bei mir hat sie damals all den Apparat, die ganze Atmosphäre der … des … na ja, eben alles das kennengelernt, wovon sie bisher keine Ahnung gehabt hatte. Das ist ihr zu Kopf gestiegen. Das hat sie ganz fasziniert.«

»Aber umgebracht hat sie sich doch nicht deshalb?«

»Das hängt doch alles zusammen. Mein schlechtes Beispiel …«

»Nun bitte ich aber, unterbrechen zu dürfen. Mir ist nämlich nichts schrecklicher als die hergebrachte Redensart von den schlechten Beispielen. War Frau Kern etwa eine junge, alleinstehende Sängerin, auf die das Auge eines Königs fiel? Hatte die Frau Hotelbesitzerin ihre eheliche Treue gegen den Glanz von Diamanten zu verteidigen? Was hatte diese wohlsituierte Bürgersfrau denn gemein mit Ihnen? Nichts, gar nichts, als dass sie von sich sagen konnte, sie sei auch ein Weib von einigem Reize. Da haben Sie es mit den bösen Beispielen!«

»Aber wenn sie mich nicht kennengelernt hätte …«, wandte Kitty ein.

»Würde sie *vielleicht* ihrem Gatten treu geblieben sein«, unterbrach wiederum Frau von Ablinowski. »Wären Sie nicht nach Siebenburgen gekommen, würden Sie nicht das Königsliebchen sein, wäre nicht Kirchweihe gewesen, würde Grete nicht mit Hans getanzt haben usw. usw. Darüber wollen wir uns aber doch nicht weiter echauffieren, dass es der hübschen jungen Frau – sie hatte in der Tat etwas Verheißungsvolles für einen Don Juan in ihrer bordeauxfarbenen Weiblichkeit – gefiel, die Mondäne zu spielen und den Erfolg nicht gerade beim Herrn Gemahl zu erproben. Um ihre feige Flucht bei dem ersten Stachel, den sie an den verbotenen Rosen spürte, handelt es sich. Sie wollte den Preis nicht zahlen, den jede von uns bezahlen muss, riss schon bei der ersten Abschlagsforderung aus. Das ist ordinär, das ist dumm.«

Die Augen der Sprecherin funkelten zornig, und über das Gesicht huschte eine verzerrende Zuckung.

»Aber«, fuhr sie mit einer lebhaften Handgebärde fort, »*passons la dessus!* Was mir eben einfällt! Wissen Sie schon, dass man in der ganzen Gesellschaft über die fabelhafte Ähnlichkeit der Comtesse Lanzendorf, der Tochter des Hofmarschalls, mit Ihnen spricht? Die Kleine war zwei Jahre im Ausland und ist vor einigen Wochen heimgekommen. Sie ist achtzehn Jahre alt und auf der Straße, mit dem Hut auf dem Kopfe, Ihnen zum Verwechseln ähnlich, dieselbe Figur, dieselben Züge, der zarte Teint, die großen blauen Augen, die nur bei genauer Beobachtung einen anderen Ausdruck zeigen. Barhaupt zeigt sie dieselbe zarte Schattierung des Haares. Der einzige auffällige Unterschied ist nur, dass dieses Haar nicht Ihr berühmtes Titusgelock hat, sondern langsträhnig ist. Sonst würde sie überhaupt nicht von Ihnen zu unterscheiden sein. Es ist ganz überraschend!«

»Ich habe die Dame nie gesehen«, versetzte Kitty darauf, ohne an der Mitteilung sonderliches Interesse zu nehmen.

»Die Ähnlichkeit ist wirklich fabelhaft!«, bestätigte Frau von Ablinowski nochmals und sah Kitty prüfend an.

Es entstand eine kleine Pause.

»Die Affäre der Frau Kern scheint Ihnen wirklich nahe zu gehen?«, sagte die Ablinowski jetzt, sich teilnahmsvoll Kitty zuneigend, und legte das in hellgelbe Handschuhe gepresste Händchen auf ihren Arm.

»S'ist ganz schrecklich!«, murmelte Kitty die Schultern aufziehend.

»Sie sind noch jung«, fuhr die Ablinowski fort, »und der Lärm des Lebens kommt auch nicht so unmittelbar an Sie heran. Da wirkt so etwas vereinzelt, krasser. Wenn man so einige Jährchen mitgemacht hat, erschrickt man über nichts mehr. Grübeln Sie nicht viel darüber nach, das hat keinen Zweck und passt nicht in Ihre Atmosphäre. Ein *accident*, ein plötzlicher Schreck – man holt kräftig Atem und fertig damit! So muss eine Dame in blühender Jugendfülle, wie Sie, leben!«

Dabei drückte sie ihre Hand fester auf Kittys Arm. Dann lehnte sie sich in ihren Fauteuil zurück, warf unter leisem Rauschen der Röcke mit graziöser Bewegung ein Bein über das andere und sagte, eine der schmächtigen, von Puder und Schminke wie mit einer stumpf rosigen Pasta belegten Wangen an die Seide der Lehne schmiegend:

»Entzückend sehen Sie heute wieder aus! Dieses Taubengrau hebt die frische Gesichtsfarbe hervor, kontrastiert reizend zum blonden Haar und gibt den Formen eine elegante Modellierung. Mai und immer Mai! Sie sollten sich gar nicht parfümieren. Diese kosmetischen Künste sind für verwelkende, angekränkelte Leute wie ich. Sie haben den natürlichen Wohlgeruch des frischen Blutes, des gesunden Fleisches.«

»Sie sind aber doch nicht eigentlich leidend, Frau von Ablinowski!«, fragte Kitty.

»Zerlebt, zerlebt, verehrte Freundin! Sie wissen nicht, was das ist und werden es bei Ihrer Konstitution wahrscheinlich nie erfahren. Da hat man allerlei Schmerzen, Zustände, Verstimmungen, Störungen, die weh, recht weh tun, aber keine Krankheiten sind. Da ist man so müde und hat doch brennenden Lebensdurst, raffiniert klug und lechzt danach, einen dummen Streich mit Bewusstsein zu begehen. Da bereut man unter Tränen alle Sünden und schielt mit flackernder Begierde nach Gelegenheit zu neuen. Man ist fertig und kann doch kein Ende machen.«

»Sie haben wohl sehr viel durchgemacht?«, fragte jetzt Kitty.

Frau von Ablinowski zögerte erst und warf einen forschenden Blick auf die Fragerin. Als sie aus deren Miene die naive Harmlosigkeit der Frage zu erkennen glaubte, richtete sie sich langsam zu gerader Haltung mit den Worten auf:

»Gerade genug, um die Romanschriftsteller korrigieren zu können. Ich war ein verzogenes junges Ding, das man pikant nannte, und sah beim Eintritt in die Gesellschaft sofort ein Rudel Courmacher um mich. Mama überwachte mich aber sehr scharf und mahnte immer wieder nur ganz serieusen, das heißt reichen Anbetern entgegenzukommen. Das leuchtete mir so gut ein, dass ich bald einen richtigen Goldfisch geangelt hatte. Der Goldfisch erwies sich in der Ehe als gefühllos, dumm und ausschweifend. Zwei Jahre lang peinigte und demoralisierte er mich. Dann war ich so weit, dass ich einen vorzüglichen, jungen Mann verführen konnte. Unser verbotenes Glück dauerte geraume Zeit, bis wir verraten wurden, und ein zukunftsreiches Leben wurde im Duell mit meinem Gatten vernichtet.«

Frau von Ablinowski hielt inne und betrachtete ihre Handschuhe. »Natürlich Scheidung, zugleich aber auch völliger Bruch mit meinen durch den Skandal geärgerten Angehörigen. Ich war verzweifelt, denn ich hatte meinen gemordeten Geliebten wirklich gern gehabt; ich hatte qualvolle Gewissensbisse, denn er war brav gewesen und hatte meiner Koketterie so lange Widerstand geleistet, bis ich mich ihm geradezu in die Arme warf. Das wollte betäubt werden, und zugleich geht man in einem solchen Falle herum mit dem Gefühle der Bemakelten, die sich nie mehr rehabilitieren kann. Wäre ich bis ans Ende der Welt geflohen, überall trifft man Bekannte, die dann nichts Eiligeres zu tun haben, als den Schleier, den man über sich gebreitet hat, zu lüften und nach allen Seiten zu zischeln: ›Die kenne ich, an die knüpft sich der und der Skandal!‹ Also darauf losgelebt und eine dreiste Stirne gezeigt! Man gewöhnt es so rasch, man lernt im Handumdrehen sich in einer völlig neuen Welt zurechtfinden und völlig neue Talente entfalten. Aber es ging mir schließlich doch schlecht, denn ich hatte immer noch das Vorurteil eines guten Geschmackes und behandelte meine Verehrer mit allerlei unpraktischen Launen und Ansprüchen. Da ich viel Geld verbrauchte, geriet ich in Schulden. Diese Misere, diese Demütigungen, dieser Schwindel! Da begreift der Verehrer nicht, warum man seiner Leidenschaft unerschütterliche Sprödigkeit, ja tugendhaften Zorn entgegenstellt, und es hat doch nur die Wäscherin, die man nicht bezahlen konnte, die frische Wäsche zurückbehalten, ein Rendezvous scheitert an zerrissenen Stiefeln, von einem lästigen Patron lässt man sich nur deshalb nach Hause fahren, weil es regnet und man kein Geld für eine Droschke hat, während der Metzger einen Lärm wegen drei Talern macht, trifft ein Blumenkorb ein, der das Fünffache kostet. Und bei alledem immer die Angst, dass man sich noch ganz verliert, ins Uferlose gerät! … Na, da warf mir das Schicksal jenen Fabrikanten in den Weg. Ich habe Ihnen schon erzählt davon. Ich hatte mich nicht zu beklagen über ihn, und als er heiratete, benahm er sich sehr gentil gegen mich. Lassen wir den Rest! Zu einem Selbstmord hatte ich in diesem Leben mehr denn einmal triftigeren Anlass als unsere Frau Kern. Sie sehen, ich lebe noch. Ich war nie eine Riesin, gehörte immer zur Moderace der Anämischen und jetzt – Façon Windspiel! Sie verstehen? Aber ein Pülverchen nehmen, mich bankrott erklären? Wenn mir noch so elend ist, wenn der Spiegel mich noch so boshaft erschrecken will – man hat auch seine guten Tage und resigniert nicht. Fehlt auch dies und das, das Eine bleibt doch: ›*Je suis femme!*‹«

Jetzt wendete sich Kitty Frau von Ablinowski vertraulicher zu und erzählte ihr Afras Sünde mit dem nachdrucksvoll betonten Schlusssatze:

»Sie hat bereut!«

»Und was imponiert Ihnen denn so an dieser Dorfgeschichte? Mir ist sie nur insofern pikant, als mich das Mädchen gleich, als ich es zum ersten Male sah, interessierte. Hierzulande sind die Dörfer also ebenso wenig arkadischen Stils, wie bei uns in Österreich. Das ließ sich eigentlich denken.«

»Aber die Reue! Sie ist dadurch wieder ganz brav geworden!«

»Jedes anständige Mädchen bereut den dummen Streich, dass es sich düpieren ließ. Das religiöse Element ist es wohl, was Sie an der Sache reizt? Ja, darüber ist kein Zweifel, dass solche religiöse Anschauungen für eine arme Person, die betrogen worden ist, einen mächtigen Halt bieten können, der sie vor den sonst üblichen weiteren Entwicklungen derartiger Fälle bewahrt. Doch ...«

»Das ist doch alles Unsinn!«

»Diesen Leuten eben nicht.«

»Möchten Sie bereuen können?«

»Ihre Afra bringt Sie auf wunderliche Gedanken!«, sagte Frau von Ablinowski jetzt und sah Kitty prüfend an.

»Sie verübeln mir die Frage doch nicht?«, meinte diese dagegen besorgt.

»Wie sollte ich! Aber einen guten Rat gebe ich Ihnen. Spielen Sie nicht allzu viel mit diesen Dingen! Es hat keinen praktischen Zweck und verleitet doch zu allerlei Grillen und Schrullen, denn es steckt eine gewisse Musik darin. Das Leben formt uns, und diese Formen sind einmal sehr verschieden.«

Nach diesen Worten lenkte Frau von Ablinowski das Gespräch auf andere Dinge, und man wurde sehr lustig. Des Nachts aber, als sie zu Bett ging, sagte Kitty zu Afra, die schon von Frau Kerns Selbstmord erfahren hatte:

»Mir ist so bange, so unheimlich. Du musst bei mir schlafen!«

Afra machte Einwände, sie wollte wachen, bis die Gebieterin eingeschlafen sei. Diese bestand aber auf ihren Wunsch. So holte sie ihr schlichtes Jäckchen aus weißem Pique, entkleidete sich und nahm neben Kitty auf den kostbaren Kissen Platz. In ein mit Weißstickerei und himmelblauen Bändchen reich ausgeputztes Nachtgewand aus leichter, rosenfarbener Seide gehüllt, schmiegte sich diese dicht an die Dienerin und den Arm ihr um den Hals legend, flüsterte sie in bänglicher Erregung:

»Die Ablinowski sagt zwar: ›Nein!‹, aber die hat auch viel auf dem Gewissen. Meinst du, dass ich schuld bin an dem, was die Kern begangen hat? Sag' aufrichtig!«

»Rege dich nicht auf!«, beschwichtigte Afra. »Es muss jeder seine Sünde selber vor Gott verantworten. Er sei der Unglücklichen gnädig!«

»Ich habe schon einmal daran gedacht. Aber nur so gedacht«, sagte jetzt Kitty und erzählte Afra zum ersten Male jene Empfindungen, die sie damals, als sie der König rufen ließ, gehegt hatte.

»Ich hätt's aber doch nicht ernstlich gewagt und ich war damals noch ganz brav.«

»Weißt du«, fuhr sie, den Arm unter Afras Hals wegziehend und sich aufstützend, fort, »das, was du glaubst, das ist nicht möglich, das gibt es nicht. Doch so sterben, so … wie ich jetzt bin, das möcht' ich nicht, das wäre schrecklich. Aber erst die Ablinowski, die ist wirklich noch schlechter als ich. Was die mir heute erzählt hat!«

Nun gab sie die kurze Lebensschilderung der Ablinowski wieder.

Afra hatte ein Gefühl, als werde sie in einem bunt schillernden Farbenkreise herumgewirbelt und dann wieder seltsam wollüstig auf und nieder geschaufelt, als geschehe ihr etwas Bedrohliches und als würde sie linde gefächelt, ein unklares Schamgefühl machte ihre Wangen glühen, das rötliche Licht des elektrischen Lämpchens auf Kittys Nachtschränkchen überhauchte die weiße Seide an den Wänden und ließ da und dort das Goldmuster aufblitzen, goldig flimmerte es vom Plafond herab, sie glaubte knisterndes Geräusch zu hören, wenn die Finger über die Seide und der erhabenen Goldstickerei der Decke glitten, der Baldachin war so unheimlich hoch, so scheumachend feierlich. Von der Wand drohte etwas, die lichtheiteren Möbel kicherten, die Goldgirlanden und Püppchen vor ihr am Fußende des Bettes glühten feuerbeschienen. Und da, dicht zur Seite lehnte halbaufrecht, im zierlichen Gewande kinderhaft lieblich, wie ein Prinzesslein zu schauen, die Beherrscherin des unheimlichen Reiches so nahe, dass sie den heißen Dunst ihres Leibes spürte und erzählte von der Welt der Sünde. Das war nicht das Schlafzimmer, das sie wohl kannte, da war nichts mehr von den Gewöhnungen des täglichen Dienstes. Spukhaft gestaltete sich alles in der unheimlichen Stille der Nacht, zum höllischen Zauber ward der Raum, von teuflischen Gewalten war sie, die Dorfschulmeisterstochter, die Magd und Büßerin im schlichten Linnenhemd hingestreckt auf das Prachtlager der Fleischeslust, und böse Geister trieben ihr Spiel mit ihr. Der Herr prüfte sie, das Reich Satans tat sich vor ihr auf.

»Aber du sagst ja gar nichts!«, klang es mit schmollendem Vorwurf an ihr Ohr, und ihr Arm wurde heftig geschüttelt.

Da erwachte sie aus der Verwirrung ihrer Sinne.

»Die Stunde ist gekommen!«, sprach eine. Stimme in ihr, und sie wendete sich an Kitty mit den Worten: »Du willst, dass ich rede? Auf das, was du da erzählt hast, gibt es doch nur die Antwort: ›Lieber die niedrigste Arbeit tun, eher sich trocken Brot an den Türen erbetteln!‹«

»Ach, das sagt man so!«, meinte Kitty mit leiser Unzufriedenheit. »Aber das musst du doch zugeben, dass sie viel schlechter ist, als ich? Da siehst du, wie's in der Welt zugeht!«

»Ja, in einer Welt, aus der ich dich fortziehen möchte, nachdem du mir einmal erlaubt hast, dich lieb zu haben!«, erwiderte Afra mit bittender Zärtlichkeit.

»Aber das geht doch nicht, Herzchen! Soll ich vielleicht wirklich betteln oder grobe Arbeit tun?«

»Das wäre wohl nicht nötig, wenn du vor den König hinträtest und sagtest, er solle von dir lassen, du wolltest ein anderes Leben führen. Er könnte dich nicht ins Elend stoßen!«

»Eine lumpige Pension bekäm’ ich wohl, wie die Waldeyer!«, sagte Kitty mit leichtern Auflachen.

»Und wär’s nur das Notdürftigste!«, entgegnete Afra mit inniger Dringlichkeit.

Kitty machte unter der Decke eine heftige Bewegung und sah dann Afra eine kleine Weile mit unruhigem Blicke an.

»Dir sind diese Geschichten von der Kern und der Ablinowski in den Kopf gestiegen!«, sagte sie dann verdrossen und legte sich auf die Kissen zurück. Die Arme über den Kopf legend, mit zur Seite gebogenen Hüften hingestreckt, fuhr sie in einem trägen Plauderton fort: »Kennst doch selber alles ganz genau! Das sollt’ ich kurzweg im Stiche lassen? Ist das nur so ein Plunder, den man mir nichts, dir nichts wegwirft? Zeig’ mir die, die nicht um den Inhalt meines Schmuckschrankes allein jede Sünde begeht, wenn’s nicht gerade eine Fürstin oder Millionärin ist. Du, ja du weißt eben doch noch nicht diese Dinge zu schätzen, sonst könntest du nicht so reden. Bist halt eine Landpomeranze. Lass uns jetzt schlafen, ich werde müde!«

Sie gähnte hörbar und, sich gegen Afra drehend, klopfte sie dieser auf die Wangen mit den Worten:

»Gute Nacht, du heilige Afra!«

»Meine Namenspatronin war eine große Sünderin, die sich bekehrte und für den Feuertod für den Glauben starb!«, bemerkte Afra.

»So! Und wie verdrossen du das sagst? Bist mir böse, weil ich nicht gleich ›ja‹ sage und morgen früh schon mit dir in dein Dörfchen abreisen will?«

Kitty strich bei diesen Worten an den Ärmel von Afras Nachtjäckchen entlang.

»Wie hässlich das ist!«, sagte sie. »Und in so was müsste ich mich auch stecken! Das könnte ich gar nicht mehr, meine Haut vertrüge es nicht, es täte mir weh!«

»Und diese zarte Seide, die du da trägst, was ist sie anders als ein Kleid der Schmach?«, entgegnete jetzt Afra, sich mit einer heftigen Bewegung aufrichtend. »All der kunstvolle Putz, all diese Kostbarkeiten, die du trägst, sind doch nur die Werkzeuge eines sträflichen Handwerks ...«

»Afra!«, rief Kitty.

»Jawohl! Jag' mich nur von deiner Seite! Mir ist's keine Ehre in diesem Bett zu liegen. Jag' mich ganz fort! Wär's ja doch Sünde, noch länger bei dir zu bleiben! Dir dienen heißt ja nichts anderes, als dem Laster Helfershelfer sein, die Unzucht ausschmücken! Ich habe mich bisher dadurch beschwichtigen lassen, dass ich immer hoffte, ich würde dich allmählich hinüberziehen können zum Guten. Du bist aber verstockt! Das schreckliche Ende dieser Frau Kern mahnt nicht dein Gewissen, es hat dir nur eine kindische Gespensterfurcht eingejagt. Ich habe gesündigt aus Liebe und wie schäme ich mich dessen! Du beharrst in einer viel schmachvolleren Sünde, du verkaufst deinen Leib, und deine Eitelkeit, deine Habgier will auf den Vorteil nicht verzichten. Wie es auch gaffen mag, das Straßenvolk, wenn du vorüberfährst, was sie auch schwatzen mögen vom Königsliebchen, ehrliche Leute verachten dich doch. Daran liegt dir aber nichts, du hast kein Schamgefühl mehr! Und ich, ich soll mich noch länger vergiften lassen in dieser unkeuschen Luft, die um dich herumweht? Nein! Jetzt hast du mir's gezeigt, woran ich bin.«

»Afra! Bist du wahnsinnig?«, sagte Kitty, die ganz erstarrt zugehört hatte, bis Afra in höchster Erregung eine Pause machte, tief aufzuatmen. »Ich kann dich ja gar nicht mehr behalten, wenn du so toll redest!«

»Ich will auch gar nicht behalten sein. Das hörst du doch! Und jetzt lass mich in meine Stube gehen!«

Sie machte Miene aufzustehen. Da umschlang sie Kitty mit beiden Armen und hielt sie fest.

»Aber du darfst nicht fort!«, rief sie. »Mich hat ja sonst niemand lieb als du! So hab' doch Geduld mit mir! Ich bin ja schon viel besser geworden, seit du bei mir bist. Schelte mich nur! Du darfst mich schelten, wie du willst. Alles lasse ich mir von dir gefallen. Aber so plötzlich … das kann ich nicht! Ich kann's halt nicht. Das ist zu hart!«

Schluchzend schmiegte sie sich an Afras Brust.

»Rede einmal offen mit dem König!«, meinte Afra, schon von Kittys Zärtlichkeit besänftigt.

»Das ist nicht so leicht«, lautete die stockende Erwiderung. »Ich bin ihm Dank schuldig. Er hat so viel für mich getan! Ihm jetzt sagen, dass ich fort will, das kränkt ihn, das traue ich mich gar nicht.«

»Du hast dann nicht den ernstlichen Willen!«, sagte Afra mit sanfter Strenge.

»Sei mir nur nicht böse!«, bat Kitty und küsste die Freundin. »S'ist wirklich schwerer als du meinst. Bei dir war's doch was anderes.«

Nach einer kleinen Pause fuhr sie fort:

»Und weißt du, was geschieht, wenn ich's dem Könige sage? Dann lässt er dich fortjagen, denn erzwingt mich, ihm zu verraten, wer mich dazu angestiftet hat. Mich aber wissen sie schon festzuhalten.«

Afra schüttelte traurig den Kopf.

»Siehst du!«, bemerkte Kitty, und mit einer leisen Selbstgefälligkeit im Tone setzte sie hinzu:

»So kurzweg ließ er mich nicht gehen! Ich lasse dich aber auch nicht so kurzweg gehen«, sagte sie dann und drückte Afra an sich. »Du darfst nie von mir weg, hörst du, nie, nie! Schelte mich, so viel du willst, aber bleibe! Nicht wahr, du bleibst?« Und wieder flossen ihr die Tränen über die Wangen.

»Sei ruhig und schlafe jetzt!«, erwiderte Afra ausweichend.

»Und wenn ich schlafe, willst du heimlich weg!«, schrie Kitty aus.

»Das tue ich nicht!«, lautete die Antwort.

»Sage, dass du bleibst! Sonst kann ich nicht schlafen!«

»Ich bleibe schon!«, flüsterte Afra.

»Afra, liebe Afra!«, jubelte Kitty und küsste der Freundin nochmals innig die Wangen. »Ich hab' dich ja so lieb!«

»Schlafe jetzt! Schlafe!«, mahnte Afra, die Zärtliche sanft von sich drängend.

»Ich tu' ja, was du willst!«, entgegnete diese, sich zurücklegend. »Ich werde vielleicht auch noch einmal brav! Jetzt geht's eben nicht.«

»Aber grob kannst du sein!«, fuhr sie nach einer Weile mit kurzem Auflachen fort. »Na, ich danke! Was du mir gesagt hast!«

»Und doch war's wohlgemeint!«, sagte Afra.

»Das weiß ich auch!«, entgegnete Kitty und drückte ihr die Hand. –

»Du hast ja meine Juwelen noch nie alle beisammen gesehen!«, sagte anderen Tages Kitty plötzlich, als Afra bei ihr im Boudoir stand. »Mir macht's selber Spaß, wieder einmal eine Parade abzuhalten! Du musst mir aber dabei helfen!«

Sie entnahm einem Geheimfach des Schreibtisches zwei Schlüssel. Dann öffnete sie das Doppelschloss eines ziemlich hohen japanischen Schränkchens, das gleich einem Kassenschrank innen mit

Stahl gefüttert war, mit den Worten: »Der große Diamantschmuck ist nicht dabei. Den hat der Hofjuwelier Roth in Verwahr. Ich hab' ihn erst zweimal an meinem Geburtstage getragen.«

Dann hieß sie Afra in Gemeinschaft mit ihr die wohlgeordneten, großen und kleinen Etuis aller Art in das nebenliegende Musikzimmer tragen und auf den Flügel aufstellen.

Afra gehorchte ungern dem Befehle. Sie ahnte, dass es mehr als eine Laune war, hielt es aber nicht für zweckmäßig, durch Einwände eine neue Szene heraufzubeschwören.

Kitty öffnete mit hastigem Eifer die Etuis, die den ganzen Flügel vollständig bedeckten, und wandte sich dann an Afra mit den Worten:

»Was sagst du dazu?«

Halsketten, Armbänder, Agraffen, Ringe, Ohrgehänge, Broschen und Medaillons, Haarpfeile, Nadeln, Flacons, Döschen, Chatelainen, Fächergriffe, blitzten und strahlten in einem Gemisch von Silber, Gold und Edelsteinen aller Farben, ein augenblendendes Geflimmer und Gefunkel, eine atembeklemmende Offenbarung höchsten Lebensglanzes. Kitty eilte hin und her, nahm bald da, bald dort einen Gegenstand aus dem Behälter, wies ihn Afra, hielt ihn gegen das Licht, entfaltete die Spitzen- und Federfächer und tändelte damit. Ihr ganzes Wesen enthielt freudige Erregtheit, und sie fand gar nicht Muße, Afras schweigsames Verhalten zu beachten.

»Jetzt packen wir wieder ein!«, sagte sie nach längerer Weile, und als sie das Schränkchen wieder verschloss, fragte sie:

»Hat dir's gefallen?«

»Das sind großartige Schätze!«, antwortete Afra. Weiter wurde darüber nichts gesprochen.

Traurig, trostlos traurig war aber Afra. In nie gedachter Schrecklichkeit, furchtbar mächtig lag vor ihr das Reich des Bösen. Satan saß auf dem Throne, die Füße auf die Leiche der selbstmörderischen Ehebrecherin gestellt, Frau von Ablinowski, die große

Sünderin, um deren frevelnder Liebe willen Blut geflossen war, stand an der Spitze des Gefolges des Höllenkönigs, und sie schleppten die junge Herrin heran, die nach ihr schrie und die Arme ausstreckte. Aber Satan winkte, und es blitzte, rauschte, duftete, Gold und Perlen fielen zu Füßen der Herrin, und sie mischte sich in den schamlosen höllischen Reigen. Sie tat jegliche Sünde um funkelnd Gestein, das ihr ein König hinwarf, der seine Frau und seine Pflicht vergaß, um ihrer üppigen Nacktheit willen. Unter goldgestickten Decken erstickte das Gewissen, und die Sehnsucht zum Guten war ein schwächlicher Flügelschlag der Seele, der erlahmte, weil den Körper Seide und Spitzen beschwerten. Der Höllenfürst hielt ihre Seele fest, weil er mit ihr auch die Seele eines Königs gewinnen wollte. Und als er sah, wie eine schlichte Dienstmagd im Begriff war, sein Werk zu zerstören, ging er daran, diese zu versuchen und sich die dritte Seele zu holen. Entnervt hatte er ihren strengen Büßersinn, eingelullt, und betäubt war auch sie geworden von dem gleißenden Zauber der unkeuschen Pracht und, hingestreckt auf das Prachtlager, hatte sie es unter Schauern wohl gefühlt, wie er unreine Flammen in ihr entzünden, das junge Leben in ihr mit höllischen Süßigkeiten vergiften wollte. Sie hatte gesiegt über den Teufel, soweit er ihrer selbst habhaft werden wollte, aber misslungen war der tapfere Kampf um die Herrin. Da konnte nur Gott selber mit einem Wunder helfen, und um dieses Wunder inbrünstig zu flehen, das war es, was ihr jetzt noch blieb, denn verlassen konnte sie die Herrin nicht. Eine Liebe voll unendlichen Mitleids band sie an diese und aus solcher heiligen Liebe schöpfte sie den Glauben, Gottes Gerechtigkeit werde es schließlich doch nicht zulassen, dass ein junges Menschenkind so erbarmungslos der ewigen Verdammnis preisgegeben werde.

Frau Bachmann, die zwar nicht mehr in Gnade war, aber doch täglich mit Kitty in Verkehr kam, erzählte mit höchst bekümmertem Ausdrucke, dass das Ende der Frau Kern in der Stadt sehr viel besprochen werde und den Sittenpredigern Anlass zu den bösartigsten Bemerkungen gebe, in dem Sinne, dass eine anständige Bürgersfrau darum ein skandalöses Ende gefunden habe, weil sie durch eine unselige Verkettung der Umstände in den verderblichen Kreis des Königsliebchens geraten war. Besorgt meinte sie, es könnten aus solchen Redereien Verwicklungen entstehen, man könnte an den König irgendwie herantreten, es gäbe ja immer Leute, die ein Sonderinteresse verfolgten, und dabei an Zufälle anknüpften. Die große Ängstlichkeit der Bachmann regte Kitty in hohem Maße auf, und mit leidenschaftlichem Eifer ging sie auf deren Ratschläge ein, nach denen der König durch besondere Anstrengungen gefesselt und so die feindlichen Einwirkungen entkräftet werden sollten. Damit gewann die seit geraumer Zeit ungnädig Behandelte wieder ihren vollen Einfluss. Die Duval war die Dritte im Bunde. Gegen Afra geschah nichts Verletzendes, Frau Bachmann nahm sogar eine sehr freundliche Miene gegen sie an. Aber sie wurde unmerklich beiseite gedrängt. Kitty hatte keine Zeit zu freundschaftlichen Plaudereien und zuweilen glaubte sie zu fühlen, dass sie unbequem sei und man sich nur scheute, statt ihrer wieder Binchen zum persönlichen Dienste heranzuziehen, bei dem ihre Hände sich an den üppigsten Toilettefantasien der Lieferanten und der Duval beteiligten, während sie innerlich mit heißer Inbrunst um das rettende Wunder flehte. Dieses aber kam nicht, vielmehr gefiel sich Kitty in einem glänzenden Triumphe. Fast täglich soupierte der König mit ihr und fand großes Gefallen an dem von Frau Bachmann ausgeheckten Einfall, dass eine französische Chansonette, die eben im ersten Variététheater Siebenburgens Aufsehen erregte und ein populärer Komiker nach dem Souper ihre Künste vorführten. Tagsüber trällerte Kitty die gehörten Couplets, machte vor der Duval oder der Bachman die Gebärden der Französin nach und sah die traurige Miene der früheren Freundin nicht, die nur mehr freundlich kühl behandelte Dienerin war.

Das Gerede über Frau Kerns Tod, das Frau Bachmann benutzt hatte, die verlorene Herrschaft über das Königsliebchen wieder zu gewinnen, war bald verklungen, um viel ernsteren Gesprächen über das Auftreten der Variétésängerin vor dem König Platz zu machen. Unter dem unwürdigen Einflusse dieses Kammerdieners, in den Banden einer grob sinnlichen Leidenschaft entartete der Landesherr, es ging abwärts mit ihm, man musste sich noch auf die schlimmsten Dinge gefasst machen, wenn nicht Abhilfe kam. Diese war umso nötiger, als sich die Anzeichen mehrten, dass in der Provinz der Widerwille gegen die Mätressen- und Kammerdienerwirtschaft einen politisch-ernsteren Charakter annahm als in der blasiert klatschsüchtigen Hauptstadt. Der Unmut gegen die Hofschranzen, die dieses sie doch selbst demütigende Treiben Bachmanns geduldig hinnahmen, und namentlich gegen Graf Lanzendorf, dessen Einfluss auf den König bekannt war, machte sich immer deutlicher Luft.

Dem Grafen blieben diese Stimmungen nicht fremd.

Ehrenhafte ältere Aristokraten, deren Achtung ihm bisher wertvoll gewesen war, gab ihnen in ihrem Verhalten gegen ihn einen Ausdruck, der zuweilen der persönlichen Beleidigung sehr nahe kam, und andere, sonst nicht durch sittliche Strenge ausgezeichnete Elemente des Adels benutzten die Lage dazu, die alte Feindseligkeit gegen den Ausländer, der sich an die erste Hofstelle vorgedrängt hatte, wieder lebendig werden zu lassen. Aber die daraus sich ergebenden Bitterkeiten waren für ihn nur ein geringer Teil dessen, was sein Leben vergiftete und ihn die Qualen eines Verbrechers dulden ließ, der den jammervollen Zustand seiner Seele selbst dem Blicke der geliebten Gattin mit ängstlicher Furcht verbergen musste und sich in einsamer Unruhe verzehrte. Niemand im Lande war ein ergebenerer Freund des Königs als er, niemand bewunderte aufrichtiger die großen und edlen Züge dieses ritterlichen und hochgesinnten Fürstencharakters. Als feiger Schurke übte er Verrat an ihm und sah tatlos zu, wie eines kupplerischen Knechtes gewinnsüchtiger Witz einer schamlosen Dirne half, die menschliche Schwäche des großen Mannes vampirhaft auszubeuten, und er tat dies, weil eben diese schamlose Dirne sein Fleisch und Blut war, das unbequeme Kind der eigenen Sünde! Und die schwere Schuld des doppelten Verrates, begangen von der klugen Selbstsucht des Familienvaters, rächte sich mit furchtbarer Vergeltung gerade an diesem. Sein Liebling war Hilda, die einzige Tochter. Ungern hatte er sie zu ihrer Ausbildung zwei Jahre lang nach Frankreich und England geschickt. Als voll erblühte Jungfrau kehrte sie ihm zurück, aber schon das erste Wiedersehen ließ ihn erschrecken über die fatale Ähnlichkeit und, als die Gattin vertraulich seine Wahrnehmung bestätigte, begannen die Beunruhigungen, denn jeder Bekannte tat dasselbe und meinte in einem mehr oder minder vorsichtigen, gewissermaßen um Entschuldigung bittenden Ton, die Ähnlichkeit mit dem Königsliebchen sei nicht zu leugnen. Gute Freundinnen der Gräfin sagten offen heraus, diese Ähnlichkeit könne eine peinliche Last für das Mädchen werden. Bei der Einführung Hildas in der Gesellschaft erregte der Umstand geradezu Sensation; als sie der Königin vorgestellt wurde, zuckte diese bei ihrem Anblick mit einer momentanen Zornesmiene zusammen, auf dem Hofball stutzte auch der König überrascht und sah sie wiederholt aufmerksam an. Hilda und Kitty trugen eben beide den charakteristischen Typus der gräflich Lanzendorfschen Familie, und zu dieser Charakteristik gehörte namentlich die lichtblonde Färbung, die auch der Hofmarschall im nur wenig von grauen Fäden durchzogenen Haar und in dem langen Schnurrbart zeigte. Es war nicht allein die Furcht vor Entdeckung des Geheimnisses, einer Entdeckung, die jetzt zur tiefsten Schmach geworden wäre, was dem Grafen neue Schmerzen verursachte, sondern besonders schmerzhaft waren die seltsamen Gemütsverwirrungen, die sich daraus ergaben.

Die zärtliche Vaterliebe war vergiftet, denn wenn er Hilda liebkoste, drängte sich oft plötzlich die andere Tochter wie ein neidischer Dämon in die Vorstellung, eine quälende Unruhe, ein lästiger Zwang der Unaufrichtigkeit störte den vollen Ausklang der Empfindung. Hilda selber gelangte allmählich dadurch zu einer eigentümlichen Entwicklung, dass sie sich immer unter dem Banne jenes Vergleiches fühlte, den sie allen Mienen abzulesen glaubte. Sie wurde sehr ernst, nahm ein dem Hochmut ähnliches, kühl zurückhaltendes Wesen an, vermied jede Äußerung jugendlicher Fröhlichkeit, die als freies Benehmen hätte ausgelegt werden können und verhielt sich namentlich jungen Herren gegenüber fast abstoßend trocken und jede Galanterie, zu der ihre Schönheit einlud, schroff zurückweisend.

Die Mutter bedauerte diese ihrer Zukunft nicht eben günstige Charakterentwicklung lebhaft und ließ es nicht an Mahnungen fehlen, die aber immer mit kalten Bemerkungen beantwortet wurden, wie: »Soll ich darin etwa auch die Rita kopieren?« – »So gewöhne man sich doch ab, mich mit dieser Person zu vergleichen.«

Wie ein Mehltau legte sich auf ihr jungfräuliches Empfinden der Gedanke dieser Ähnlichkeit, und die Gräfin klagte ihrem Gatten oft über den Zufall, der ein wahres Unglück für die Familie sei. Gelegentlich spitzte sie solche Klage zu einer weiter zielenden Erörterung über die Hofverhältnisse zu und stachelte den Grafen auf, gegen die herrschenden Zustände vorzugehen. Als nun dieser eines Tages sehr erregt vom Büro kam und auf ihre wiederholten dringlichen Fragen endlich erzählte, Bachmann habe große »Schweinereien« gemacht, es stehe höchst ärgerlicher Skandal bevor, da war sie Feuer und Flamme und meinte, nun müsse er kräftig zufassen und mit diesem »nichtsnutzigen Schelm« auch dessen Patronin treffen. Seine wortkarg mürrischen Einwände, dass die Dinge gar nicht so einfach lägen, dass er selber möglicherweise vom Kammerdiener gestürzt werden könne und dass dessen Sache von der Stellung der Rita völlig zu trennen sei, beantwortete sie mit lebhaftester Beredsamkeit unter dem Grundgedanken, dass es ehrenvoller sei, zu fallen, als die bisherige demütigende Stellung weiter einzunehmen. Der Eifer der Gattin bestärkte den Grafen nur in dem ohnehin schon vorhandenen Bewusstsein, dass die Stunde der Krisis gekommen war.

Schon vor längerer Zeit war eine Eingabe an das Hofmarschallamt gekommen, aus der hervorging, dass Bachmann den Unternehmern gegenüber, welche die verschiedenen Arbeiten an den immerwährenden Erweiterungen und Neuerungen im Besitztume des Königsliebchens übernommen hatten, bei höchst bedenklichen Handlungsweisen sich auf eine »Ordre des Hofes« berief. Da die hier infrage kommende Stelle des Hofes ohne Zweifel das Hofmarschallamt war, so meinte Hofsekretär Dannenberg bei seinem dem Grafen erstatteten Berichte, es sei eine Untersuchung anzustellen, inwiefern der Leibkammerdiener Bachmann missbräuchlich sich als Bevollmächtigter eines Hofamtes geriert habe. Der Graf hatte einfach beschlossen, es sei zu antworten, in betreff der Angelegenheiten des »gnädigen Fräuleins« habe das Hofmarschallamt keinerlei Kompetenz und demzufolge könne diesseits aus die Beschwerde nicht des näheren eingegangen werden. Dannenberg aber hatte aus jener Zuschrift die Anregung zu weiteren Nachforschungen geschöpft und schließlich dem Hofmarschall ein beweiskräftiges Material vorgelegt, aus dem sich ergab, dass Bachmann nicht nur in den Angelegenheiten des Königsliebchens, sondern insbesondere auch in seinen privaten Grundstücksspekulationen allerlei dicht an Betrug streifenden Unfug mit seiner Hofstellung getrieben und diese durch eine zynische Bestechlichkeit diskreditiert habe. Der Graf machte Miene, auch jetzt noch sich passiv zu verhalten, aber Dannenberg setzte ihm sehr eindringlich zu mit der Ansicht, es sei doch pflichtwidrig, den König über die Ausschreitungen seines Günstlings in Unwissenheit zu lassen und betonte des weitern mit Nachdruck, dass die Ehre des ganzen Hofpersonals durch solche Vorkommnisse betroffen werde.

Bachmann wurde vor den Hofmarschall geladen und zur Rede gestellt. Seine Verteidigung, die darauf hinauslief, dass er dem Hofmarschall nur in Bezug auf den Kammerdienerdienst im engsten Sinne Rechenschaft schuldig sei, nicht aber über eine auf unmittelbarer allerhöchster Vollmacht beruhende Tätigkeit oder gar über seine privaten Vermögensverhältnisse, war in einem so dreisten Tone gehalten, dass sich für den Grafen die Notwendigkeit weiterer Schritte nur noch zwingender ergab. Da es nun einmal doch zum Vortrage beim König kam, so galt es nur einen energischen Anlauf des Willens, im Sinne der Gattin, gründlich vorzugehen. Gelang es, so war alle Qual beseitigt. Er hatte auch die Macht, für die Zukunft des unseligen Wesens möglichst günstige Bedingungen zu erzielen, so dass dieses nicht als Opfer des Familienegoismus einem üblen Schicksal verfiel, sein Gewissen also keine neue Belastung erfuhr.

»Ach, davon hat mir der Bachmann schon selber gesprochen«, sagte der König, als Lanzendorf in seinem täglichen Vortrage von bedauerlicher Notwendigkeit einer Klage über den Leibkammerdiener zu sprechen anfing. »Sie wissen doch, lieber Graf, dass ich in diesem Punkte eine gewisse Latitude wünsche. Seien Sie nicht pedantisch, und lassen Sie den Mann machen!«

Graf Lanzendorf erwiderte:

»Ich sehe mich leider genötigt, Majestät um näheres Gehör zu bitten, da die Dinge über das Maß dessen hinausgehen, was sich mit der weitesten Latitude vereinbaren lässt.«

Der König machte eine überraschte Miene und sagte kurz:

»Also gut! Ich höre!«

Während der Graf ausführlich vortrug und dazwischen Aktenstücke zur allerhöchsten Durchsicht überreichte, stampfte der König gelegentlich mit dem Fuße auf oder murmelte: »Infam!« – »Dieser Spitzbube!« – »Ah!« – »Das ist stark!«

Als der Hofmarschall geendet hatte, sagte er in einiger Erregung:

»Der Kerl hat sich unmöglich gemacht, das ist klar!«

Dann sah er, mit dem schwarzen Vollbart spielend, eine Weile auf den Teppich.

»Aber was nun?«, sprach er dabei. »Ich kann dem Menschen nicht so kurzweg den verdienten Fußtritt geben. Man muss sehen ...«

Er hob den Kopf gegen den Hofmarschall und fuhr fort:

»Besinnen Sie sich auf etwas, lieber Lanzendorf ... eine Sinekure, die ihn aus der Hauptstadt verbannt – Inspektor eines der unbenutzten Schlösser oder dergleichen. Ihnen will ich's ja eingestehen. Es war eine Schwäche, eine ... oh! ... eine arge Schwäche, ihm so viel einzuräumen. Aber das machte sich so, das gab sich aus den anderen Umständen ... Der Dannenberg, den ich ja zuerst dafür haben wollte, war so ungeschickt. Ach, man wird immer missbraucht! Es gibt keine Treue, keine Anhänglichkeit! Und gewisse Schwächen des Herrn ... ich hätt's ja wissen können ... die sind erst recht das willkommene Futter, auf das man sich gierig stürzt.«

Nervös die Finger in die Fauteuillehne drückend und wieder öffnend, hielt der König in der Rede ein. Dann sagte er zögernd, wie verlegen:

»Lieber Graf! Ich kann Ihnen nicht helfen. Den Bachmann haben Sie mir also wegeskamotiert. *Ainsi soi-t-il!* Jetzt aber, bitte, schaffen Sie mir einen Menschen, der die Angelegenheiten der Rita in die Hand nehmen kann. Seine Frau ist natürlich auch unmöglich. Sie war so was wie die Hofmeisterin. Na, das wird sich ja machen lassen. Aber der Haushofmeister, den sie hat, ist ein Lakai, sonst nichts, Dannenberg ein unpraktischer Büromensch. Eine praktische Persönlichkeit ist aber unbedingt notwendig.«

Lanzendorf schwieg.

»Ja, mein Lieber, sehen Sie zu, wie Sie es machen. Aber einen Ersatz für Bachmann müssen Sie mir schaffen«, fuhr der König fort.

Lanzendorf sagte jetzt zögernd:

»Das Land würde Majestät preisen, wenn mit dem Weggange dieses Bachmann alle Verhältnisse eine Umwälzung erführen!«

Da sprang der König von seinem Stuhle auf und rief zornig!

»Was soll das? Wo will das hinaus? Das ist eine Intrige! Den Bachmann, den Halunken, gab ich Euch preis, das muss Euch genug sein. Von anderem will ich nichts hören, ganz und gar nichts! Man merke sich das!«

»Wir sind zu Ende, denke ich!«, sagte er nach einer Weile barsch, als Lanzendorf zögerte, sich zu verabschieden.

»Majestät!«, begann dieser mit bittender Stimme.

»Lieber Lanzendorf, machen Sie mich nicht heftig!«, sagte der König und begann auf engem Raum rasch hin und her zu schreiten. »Was will man denn? Schadet es dem Lande, wenn diese Dame Geld unter die Leute bringt?«

»Ja, Majestät, es schadet und betrübt die Gutgesinnten, wenn dies so auffällig, mit so viel äußerem Gepränge geschieht.«

»Wer hat denn die Rita populär gemacht, ihr den Kosenamen ›Königsliebchen‹ gegeben? Ich nicht! Im Übrigen! Seit wann treibt mein Hofmarschall denn Politik?«

»Es ist meine Absicht nicht, mich unberufen in die Politik zu mischen.«

»Wer sind denn diese Gutgesinnten, die im Sinne des Landes sprechen? Sie haben sich missbrauchen lassen, Lanzendorf, sind eingefangen worden von einer gewissen Partei des Hofes. Das bemerke ich ungern, sehr ungern!«

»Alleruntertänigst zu erwidern, ich spreche nur in meinem Namen, als Euer Majestät getreuer Diener!«

Der König sah den Hofmarschall misstrauisch prüfend an, ehe er weiter sprach:

»Mein alter Freund Lanzendorf nimmt also ein persönliches Ärgernis an meiner Conduite und möchte mich auf bessere Wege bringen? Das ist freilich was anderes. Sie gebrauchten aber eben den Ausdruck ›die Gutgesinnten‹. Wissen Sie, dass ich das Wort eigentlich nicht ausstehen kann? Diese sogenannten ›Gutgesinnten‹ sind Leute, die immer besser wissen, wie man König spielt und mit vollster Loyalität immer am König herummäkeln, weil er nicht gerade so ist, nicht gerade so handelt, wie es ihnen zweckmäßig erscheint. Sie sind furchtbar klug, haben immer recht, aber sie sind nie selber irgendetwas gewesen, was über den Durchschnitt, über das allgemeine Niveau hinausgeht, sie haben keine Ahnung davon, dass ein König anders denkt, als andere Menschen, eben weil er ein anderer Mensch ist.«

Der König machte eine kleine Pause und fuhr dann fort:

»Ja, er ist ein anderer Mensch! So muss es dem Künstler zumute sein, nur nicht in so großem Stile, so von allen Seiten einstürmend. Sie machen sich nichts aus Künstlern und finden es wohl komisch, dass ich den König mit solchen Leuten vergleiche? Das sind Vollmenschen, mein Lieber! Und Vollmenschen müssen wir sein oder wir sind eine lächerliche Lüge. Das große Wollen, der schöpferische Drang, der uns erfüllt mit dem Bewusstsein der Macht, das ist was anderes als die gemeine Lebenslust. Das ist eine mächtige Flamme, eine ganz gewaltige Sehnsucht. Das wirkt vom Gehirn aufs Gemüt und kann nur in rechten Bahnen bleiben, nur geregelt werden, wenn das Gemüt einen Halt findet, wenn der tobende Herzschlag sich an einem groß mitfühlenden Herzen beruhigen kann.«

Er holte tief Atem und schwieg eine Weile.

»Weil Ihr das eine nicht fühlt, begreift Ihr das andere nicht«, sprach er dann mit mühsam verhaltener Leidenschaft weiter, »dass gerade der groß Wollende, der Vollmensch, mit der weltumspannenden Sehnsucht, wenn ihm das Leben nicht gerecht wird und sein besseres Begehren unerfüllt lässt, das Bestialische, das in uns allen lauert, hervorgeholt und in der Lust am Weibe sich ausgibt, weil er sich eben ausgeben muss. S'ist mit Bitterkeit gemischt, das Vergnügen; man fühlt zuweilen, dass so ein weißer Arm nach der Tiefe zieht, und man kriegt manchmal einen Ekel, dass man das niedliche Tierchen mit der Faust erschlagen könnte.«

Wieder hielt der König inne. Dem Hofmarschall war schwer zumute. Sollte er jetzt sagen, von seiner Tochter sei die Rede?

»Ich kann den braven Mann, den Musterlandesvater nicht spielen«, sprach der König ungeduldig weiter. »Meinem Volke habe ich des Guten genug getan; es hat schlechtere Könige gegeben, als ich bin.«

Bewegt sagte Lanzendorf:

»König Lothar ist der Liebling seines Volkes, und die Geschichte des Landes wird ihn als großen Fürsten rühmen!«

»Dann lasst mir eben diese Sünde!«, entgegnete der König. »Und was die Kleine angeht, so bin ich ihr ein Übriges schuldig, denn ich habe ihre Menschenwürde zertreten, und sie muss einen Lothar dulden, den Ihr nicht kennt. Aber gerade diese bittere Leidenschaft, sie ist zäh, und man trennt mich nicht von dem Geschöpfe, das ich mir zur Gefährtin meiner dunklen Stunden erzogen habe. Niemals!«

»Was soll mit Bachmann geschehen, Majestät?«, fragte jetzt der Hofmarschall mit heiser klingender Stimme.

Der König besann sich einen Augenblick, dann sagte er: »So mag er als Burgvogt nach Wichtelstein gehen. An seine Stelle tritt Bischof, der erste Kammerlakai. Und nicht zu vergessen, beschaffen Sie mir eine passende Persönlichkeit für die Rita! ... Aber Sie sind ja ganz aufgeregt, Graf? So nahe geht es Ihnen?«

»Majestät!«, hauchte der Hofmarschall und machte eine Bewegung, die der König, beide Hände ausstreckend, lebhaft abwehrte.

142

»Das geht zu weit!«, sagte er mit einiger Gereiztheit. »Ein Fußfall! Da ist doch etwas im Spiele!«

Er sah den Hofmarschall durchdringend an und sagte dann gütig:

»Guten Morgen, lieber Lanzendorf! Ich frage nicht weiter. Aber es bleibt dabei: Niemals!«

Wie ein Verdammter ging Graf Lanzendorf durch die Korridore, und die Dämonen raunten hinter ihm: »Deine Tochter ist die Gefährtin seiner dunklen Stunden, du bist der Vater derer, deren Menschenwürde zertreten ist, das niedliche Tierchen, das man mit der Faust erschlagen möchte, ist dein Fleisch, in den weißen Armen, die in die Tiefe ziehen, rollt dein Blut!«

8.

In der Stadt war der Sturz der »Kammerdienerwirtschaft« das große Ereignis, das allerorts lebhaft besprochen wurde, und zwar zumeist in dem Sinne, dass nun auch die Tage des Königsliebchens gezählt seien, denn man sah in dem Geschehenen nur die Einleitung eines wohlgeplanten Verfahrens.

Graf Lanzendorf galt in manchen Kreisen als der feine Diplomat, der den richtigen Augenblick des Eingreifens abgewartet hatte, und diejenigen, die misstrauisch gegen ihn geworden waren, zeigten sich zum Eingeständnis ihres Irrtums geneigt. Aus gewissen Boudoirs drang aber durch den Mund der Zofen und Stubenmädchen in die breiteren weiblichen Volksmassen die Ansicht, die Höflinge wollten das Königsliebchen stürzen, aus Ärger darüber, dass es der Comtesse Lanzendorf, einer der Ihrigen, so ähnlich sehe, und man empörte sich in den Arbeitsstuben, in denen Kitty die gefeierte Heldin war, in derb demokratischen Redensarten gegen diese »Niederträchtigkeit des adeligen Geschmeißes«.

Man hörte zunächst nichts weiter, als dass eine gewisse Frau von Ablinowski, von der man so gut wie nichts wusste, an Stelle der Frau Bachmann beim Königsliebchen getreten sei, und es schien, als ob damit ein neues System der Zurückhaltung vor der Öffentlichkeit verbunden sei, das wohl mit einem anbefohlenen Sparsystem zusammenhing, und dieses war natürlich der Anfang vom Ende. Eines Sonntags tauchte das Königsliebchen in der von Spaziergängern dichtbelebten Chlodwigstraße auf. Ganz prachtvoll war der Viererzug von zierlichen Schimmeln, mit chick livrierten Stangenreitern, hübschen jungen Burschen, und ihre Herbsttoilette fanden die Damen entzückend.

Die Ereignisse hatten im Palais Kittys im ersten Augenblick etwas wie Bestürzung hervorgerufen. Der Hofsekretär Dannenberg hatte zunächst Kitty die Nachricht überbracht, dass Bachmann als Leibkammerdiener entlassen sei und eine Stelle als Vogt des Schlosses Wichtelstein mit dem Bemerken abgelehnt habe, er werde in Siebenburgen als Privatmann wohnen bleiben. An diese Nachricht war die Meldung des königlichen Befehles geknüpft, dass die Frau des Entlassenen ferner nicht mehr bei dem gnädigen Fräulein vorgelassen werden dürfe. Das klang sehr unheimlich, und, als kurz daraus der Portier in der Tat Frau Bachmann, die ganz bescheiden, wenn auch dringlich, sagte, sie wolle sich nur von der Gebieterin verabschieden, den Eintritt ins Palais verweigerte, da legte sich auf die ganze Dienerschaft ein Druck unheimlicher Erwartung nachfolgender Dinge. Kitty selbst brütete stumm vor sich hin. Auf den Rat der Kammerfrau ließ sie den für den Abend bestellten Variétésängern absagen und wagte nicht einmal eine Spazierfahrt. Afra aber ging mit glühenden Blicken, heiße Gebete im Herzen, umher. Jetzt war die große Stunde sicher nahe. Gottes Hand hatte diese Bachmann unschädlich gemacht und so Satans letzten Anlauf, sich der armen Seele zu bemächtigen, zurückgeschlagen. Unverkennbar war das Walten dieser Hand, und sie musste sich nun rüsten, bereit zu sein.

Als am Abend der König kam, war er sehr gnädig mit Kitty und bedauerte, dass sie die Sänger abbestellt hatte. Er gab ihr dann die freundliche Weisung, sich eine neue Hofmeisterin zu suchen, die eine Dame besseren Standes sein sollte. Sie war über die unverhoffte Wendung freudig erregt. Ihr fiel die Ablinowski ein, die sie sofort nannte. Der König begehrte, diese vorgestellt zu sehen. Die Stimmung war so heiter, dass Kitty nach dem Souper zum ersten Male, wie sie es vor ihrer Kammerfrau und vor der Bachmann wiederholt getan hatte, vor ihm die französische Chansonette kopierte, und er war darüber sehr belustigt.

Die Ablinowski sträubte sich anfangs. Ihre Gesundheit sei nicht dazu angetan, sie habe keine Neigung aus ihrer bequemen Zurückgezogenheit herauszutreten, eigne sich auch gar nicht für eine solche Stellung. Sie ließ sich aber doch bald überreden. Es kitzelte sie, dem König vorgestellt zu werden, den sie aus der Entfernung schon oft gesehen hatte und sie meinte schließlich, die veränderte Lebensweise, der Reiz des Neuen tue vielleicht ihren Nerven gut. Zur Vorstellung hatte sie sehr geschmackvolle Toilette gemacht, und ihr zierlich gewandtes Wesen kam dabei zu guter Geltung. Der König unterhielt sich lange mit ihr und lud sie schließlich ein, ihm und Kitty Gesellschaft zu leisten. Sie hielt sich sehr bescheiden, plauderte aber, dazu angeregt, sehr amüsant.

Die Ablinowski siedelte in das Palais über, und auf des Königs Geheiß wurde es Sitte, dass sie während seiner Anwesenheit eine Weile an der Unterhaltung teilnahm, Kitty in der Erweisung der Honneurs unterstützend. Er plauderte gern mit ihr, und sie fand immer mit graziöser Wendung den richtigen Moment zur Beendigung ihrer Rolle. Während sie aber am Abend das Bild der liebenswürdig gewandten Weltdame bot, war sie tagsüber oft leidend, ging matt und seufzend umher oder lag stöhnend auf dem Sofa. Einige

Male verursachte sie durch krampfartige Zustände Beunruhigung, und Kitty bekam Einblick in ein Trugleben, dessen Geheimnisse ihr unheimlich waren. Nicht nur sie, auch ihre ganze Umgebung spürte etwas von einer gifthaltigen Atmosphäre, die ins Haus gekommen war und, wo sonst nur von den Künsten die Rede war, mit denen die heimlichen Reize blühender Jugend noch lockender gemacht wurden, flüsterte jetzt das Stubenmädchen der Frau von Ablinowski von Tropfen, Pulvern, Injektionen, mit denen ein zäher Lebensdrang zerstörte Nerven, entartete Säfte meisterte. Wie ein unheimliches Gespenst, so meinte gelegentlich die Duval, nehme sich die magere, kleine Frau mit dem Fieberblick aus, wenn sie zuweilen im Toilettezimmer stehe und zusehe, wie man die weiße, schwellende Gliederpracht des Königsliebchens pflegte.

Afra aber hatte neuen Mut geschöpft. Schon in den ersten Tagen ihrer Anwesenheit hatte die Ablinowski gelegentlich ein Gespräch mit ihr angeknüpft.

»Sie sind neuerdings ein bisschen beiseite geschoben worden von dem gnädigen Fräulein, wie mir scheint?«, begann sie. »Wie kam das denn? Das war ja doch eine förmliche Freundschaft gewesen?«

»Da müssen Sie das gnädige Fräulein selbst fragen!«, antwortete Afra, durch den spöttelnden Ton noch besonders gereizt, der ihr so unsympathischen Dame ziemlich unfreundlich.

Diese versetzte lächelnd:

»Sie sind auf falscher Fährte, wenn Sie in mir eine Feindin sehen. Ich bin keine Bachmann. Also, was hat das gnädige Fräulein gegen Sie?«

Afra zögerte noch und sah die Ablinowski zaudernd an. Dann erzählte sie, wie die Bachmann Frau Kerns Selbstmord verwertet habe.

»Und diese Erfahrung hat ihre Hoffnungen nicht herabgestimmt?«, fragte die Ablinowski.

Wieder sah Afra sie misstrauisch an.

»Ich kenne ja doch Ihr Geheimnis!«, fuhr jene fort. »Sie wollen das gnädige Fräulein auf den Pfad der Tugend führen, eine Büßerin aus ihr machen.«

»Und wenn ich das will?«, sagte Afra sich reckend.

»Ei! Ich hindere Sie nicht daran. Ich bin nur neugierig, wie Sie das fertigbringen.«

»Freilich nicht ohne die Gnade Gottes; die aber hat sich schon gezeigt.«

»Wieso?«, fragte Frau von Ablinowski halb spöttisch, halb verwundert.

»Nun, Frau Bachmann ist gefallen!«, lautete die Antwort.

»Ach was! Ich habe geglaubt, da bestätige sich nur das alte Sprichwort: ›Der Krug geht so lange zum Brunnen, bis er bricht!‹ Die Bachmann hatten's zu arg getrieben mit ihrer Habgier. So habe ich's aufgefasst.«

»Sie freilich spotten meiner!«, entgegnete Afra mit fast verächtlicher Miene.

Da ging es zornig über Frau von Ablinowskis Gesicht, ihre sonst sanfte und weiche Stimme wurde laut und schrill, als sie sagte:

»Jüngferchen, spielen Sie sich nur nicht mit Ihrer Weisheit auf! Das ist die schlechte Gewohnheit der Frommen, dass sie auch noch klüger sein wollen, als wir Weltkinder. Wissen Sie was?«, fuhr sie ruhiger fort. »Eher bekehren Sie mich, die über diese Dinge doch schon zuweilen nachgedacht hat, als dieses gnädige Fräulein!«

Afra machte ein unbeholfenes Gesicht.

»Sie hat auch schon darüber nachgedacht!«, wendete sie ein. »Aber man erstickt ja jede bessere Regung immer wieder in ihr.«

»Ja, ja, ich weiß! Das Ende der Frau Kern hat sie etwas aufgerüttelt«, versetzte die Ablinowski, und ihre zarten Fingerchen tändelten mit der Tischdecke. »Abergläubisch kann sie werden. Aber zur Büßerin hat sie nicht die Figur; das wird man nicht mit solchen

Sitzwerkzeugen. Da wird man fett und fetter, meine Liebe, dem König vielleicht schließlich zu fett, geht vom Champagner zu den Likören über, sieht beim Liebhaber mehr auf die Statur als auf den Stand, isst gut, spielt Karten und reist wegen Asthma in die Bäder. Das ist so meine Meinung, mit der ich Sie aber gar nicht decouragieren will. Wie gesagt, ich bin keine Bachmann und habe gar kein Interesse daran, Ihre frommen Pläne zu durchkreuzen.«

Afra hörte verwundert den gehässig klingenden Ton in so wüsten Reden der vermeintlichen Freundin Kittys. Aber als sich in der Folge zeigte, dass diese in der Tat keinen Einfluss auf sie geltend machte, Kitty selber aber sich der beiseite geschobenen Dienerin wieder umso mehr näherte, je unbehaglicher das ganze Wesen der Ablinowski auf sie zu wirken schien, da zerbrach sie sich nicht weiter den Kopf darüber, sondern betete in der Stille um das Einzige, was jetzt noch nötig war: dass des Königs Sinn sich wende.

Die Ablinowski hatte ihre bittere Rede aus einer jener Stimmungen herausgesprochen, die, je länger sie in Kittys Nähe weilte, desto häufiger und quälender sich ihrer bemächtigten. Früher, da sie nur besuchende Freundin gewesen war, hatte die eigentümliche Atmosphäre, die das Königsliebchen umwehte, ihre nervös reizbaren Sinne nur gefächelt, vorübergehend gekitzelt; jetzt aber, in der täglichen Intimität, wirkten sie intensiver, und erzeugten ganz andere, allzu starke, die Nerven überspannende Reizungen. Daher fühlte sie sich seit ihrer Übersiedlung leidender als sonst.

Er lockte immer wieder unwiderstehlich an, dieser starke, animalische Duft blühender Jugendfülle, dieser appetitliche Reiz weißer, runder Weiblichkeit, und etwas Belebendes, heiter Stimmendes ging von ihm aus; aber wenn sie sich dieser Stimmung zu lange aussetzte, oder wenn die Nerven eben nicht richtig disponiert waren, tat das weh, furchtbar weh, trieb das Blut zu Kopf, drängte sich mit seiner quellenden Kraft atembeklemmend auf und erzeugte Scham, Schmerz über die eigene Hinfälligkeit und aus dieser weiter einen dumpf brütenden, die Nerven durchwühlenden und an ihnen zerrenden Hass, der über diese straffe, prahlerisch sich wölbende Jugend hätte herfallen und sie mit den Fingern zerfleischen mögen. Und mehr und mehr gesellte sich dem Walten und Weben dieser dunklen Instinkte ein klares, bestimmtes Gefühl, das ihre Qualen und Beängstigungen steigerte. Sie wehrte sich dagegen, sie nannte es vorübergehende Erregung des Blutes, gewisse Augenblicksstimmung, aber immer deutlicher und unverkennbarer trat es an sie heran – sie liebte den König. Wohl hatten die Sinne mit schmerzlichen Gelüsten mächtigen Anteil an dieser Liebe, aber nicht die schöne physische Erscheinung des Königs, sondern sein bezauberndes geistiges Wesen, das er in seinem Geplauder bei längerer Gewohnheit in immer reicheren Wendungen offenbarte, hatte das Wohlgefallen zunächst erzeugt, und über die Begehrlichkeit des verdorbenen Weibes hinaus träumte die Sehnsucht von einer großen, vollen, Leib und Seele beglückenden Liebe, von der Wiederkehr einer einst genossenen, nie vergessenen Seligkeit. Nicht den König wollte sie, nicht nach der Pracht, die seine Mätresse umgab, ging ein neidvoller Wunsch; von Lothar, dem herrlichen Manne, wollte sie geküsst sein und sich in seine Seele schmiegen. Martervoll war diese Liebe, nervenzerrüttend, aber sie brachte es nach kurzer Frist nicht mehr über sich, zu fliehen.

Eines Abends war der König sehr erregt. Er erzählte den beiden Damen auch alsbald den Grund seiner Stimmung. Einer der hervorragendsten Parlamentarier der Opposition in der Provinz hatte als Redner bei einer politischen Versammlung in sehr kühner Weise den Sturz Bachmanns und die damit zusammenhängenden Verhältnisse herangezogen. Die Versammlung war infolgedessen polizeilich aufgelöst worden, und der Staatsanwalt hatte gegen jenen Parlamentarier das Verfahren wegen Majestätsbeleidigung eingeleitet. Nun wollte der Minister des Innern im Hinblick auf das politisch höchst gefährliche Aufsehen, das dieser Prozess bei dem Ansehen des Beschuldigten machen würde, das Verfahren eingestellt wissen, wogegen aber der Justizminister sich entschieden sträubte. Der König war aus die Seite des Justizministers getreten und hatte nur eine spätere Begnadigung in Aussicht gestellt. In hastenden Worten, mit unruhigen Handbewegungen hatte er den Hergang erzählt und dabei das Gesicht meist Frau von Ablinowski zugewandt. Dann aber wandte er sich lebhaft gegen Kitty, drückte ihren nackten Arm und sagte:

»Du passt dem Herrn von der Opposition nicht, Kindchen. Bist eine politische Persönlichkeit geworden. Wie gefällt dir das?«

»Meinetwegen soll der Herr eingesperrt werden? Ach, dulden Sie das nicht, Majestät!«, erwiderte Kitty bittend.

»Was? Du bist gegen mich?«, sagte der König lachend, und gab ihr einen Klaps aus die Wange.

Nie sonst hatte in Gegenwart der Ablinowski der König Zärtlichkeiten gegen Kitty geübt. Jetzt trank er sehr hastig und scherzte, sie gar nicht beachtend, mit der Geliebten, in einer Weise, die sie veranlasste, während man noch am Nachtisch knabberte, sich zu erheben und vor dem König die übliche Verneigung zu machen. Sonst reichte er ihr die Hand und sagte sehr freundlich: »Gute Nacht, liebe Ablinowski!« oder »Beste Ablinowski!« Heute nickte er nur mit dem Kopfe, und ganz zerstreut klang das: »Gute Nacht, Gute Nacht!«

Ihr Stubenmädchen, das sie auskleiden wollte, schickte sie mit heftigen Worten von sich, warf sich mit dem Gesicht nach unten auf das kleine Sofa, das in ihrem Schlafzimmer stand, schluchzend und stöhnend. Dann riss sie hastig, mit ächzendem Atem die Kleider vom Leibe und stand splitternackt vor dem Spiegel. Das war scheußlich, kein Weib, ein Skelett! Aber die schweren, schwarzen Schatten, die über das Fleisch streiften, machte das. Sie nahm den Leuchter, hielt ihn dicht an den Körper und besah sich ganz genau, das Licht hin und her bewegend, sich drehend und

150

wendend und jede Stelle weiblichen Reizes angstvoll prüfend. Diese hochgespannten Füße waren entschieden zierlich, die Beine waren gar nicht so mager, sie passten zur ganzen Figur, hatten einen eleganten Bau. Aber diese dünnen Ärmchen, diese Höhlen am Halse, diese kleinen, schlaffen Brüstchen, ach, und dieser Rücken, der das ganze Knochengerüst erkennen ließ!

– Sie fror. Sie hatte gar kein Blut mehr in den Adern! So lächerlich war sie in ihrer verkümmerten Blöße, dass sie sich schämte und weinend das Nachtkleid überwarf. Erst dreißig Jahre und fertig, so ganz fertig, ein vertrocknetes Bouquet, das man auf den Kehrichthaufen wirft! – Die verwelkte Blume ist tot, aber das Weib, dessen Reize abgestorben sind, es lebt, es fühlt, es begehrt … Das Weib? … Das wäre also ein aufrechtgehender, glattwangiger kleiner Zweihänder, der ein schön gefärbtes, weich gerundetes Körperchen unter allerlei Lappen versteckt und damit die Neugierde der Männer kitzelt. Hat es unter den Lappen nichts Ordentliches mehr zu Verstecken, dann ist es nichts anderes, als was eben ein Tier ist, dessen Fell schäbig wird. Die da, die jetzt in ihrem prunkvollen Liebestempel dem König sich als Spielzeug bietet, sie ist das echte Weib, wie es die Männer wollen, die Bedeutendsten, die Stärksten vor allem. Das Rätsel der berühmten Sphinxaugen war leicht zu lösen. Da war keine Seele, leise, wie im Schlafe sich gelegentlich bewegende Andeutungen eines Seelenlebens höchstens, und wenn die Lappen fielen, ein Prachtexemplar eines Zweihänders. Da hat König Lothar … Lothar! Herrlicher, geliebter Lothar! … was er vom Weibe will. Und sie, sie bietet ihm eine sehnende Seele, die ihn anbetet, ihr ist er ein Gott, sie möchte sterben vor Durst nach seiner Neigung … Wenn er diesen Körper sähe! … Sie wand sich, wie von Leibschmerzen gequält in ihrem Bette … Diese Afra! Ein sonderbares, aber sympathisches Geschöpf. Man kann in diesem Fahrwasser Ruhe finden. Ruhe? Ja, ausruhen, wenn man könnte, auf eine Weile! Aber dieses Verzichten? … Verzichten ist nicht leben, es stillt nicht den Durst, es ist eine qualvolle Operation … Nur nicht verzweifeln! Eben, weil das Weib kein bloßer Zweihänder ist, weil es Seele hat, weil es denken kann, heißt es denken, immer denken, wie's möglich wäre, hinweg zu kommen über die physischen Mängel. Die ist gar kein Weib, die weiß gar nicht, was Liebe, was Sünde ist, die da nicht mit Kräften des Geistes die Fehler ihres Körpers besiegen kann. Aber der Kopf raste, und sie war so müde. Da lag's auf dem Nachttischchen. Ein kleiner Stich in die dürre Wade, und man hatte Ruhe vor allem Jammer und allen Wünschen.

Kitty sagte es zuerst der Ablinowski, dass sie sich in anderen Umständen glaube. Sie tat es ganz mit der ängstlich bedrückten Miene eines gefallenen Mädchens, denn die Bachmann hatte ihr früher einmal, als sie den Wunsch nach einem Kindchen aussprach, gesagt, das würde ein sehr unglücklicher Zwischenfall sein und wahrscheinlich die Verhältnisse ganz verändern. Dabei gedachte sie jenes Abends, der der Ablinowski so viel Schmerzen gekostet und erzählte mit der ihr eigenen naiven Schamlosigkeit von des Königs besonders gnädiger Laune. Die Ablinowski vermochte kaum mit erstickter, stockender Stimme zu sagen:

»Das ist ja eine sehr überraschende Neuigkeit!«

Nach wenigen Tagen wussten auch die Dienerinnen davon, und sie verhielten sich scheu zurückhaltend. Auch Afra war sich nicht klar, wie sie den Fall betrachten sollte. Da kam mehr und mehr eine Wandlung in das Wesen des Königsliebchens. Die vergissmeinnichtblauen Augen schienen noch größer geworden, aber sie starrten nicht mehr so seelenlos, sondern ein Glanz leuchtete aus ihnen, bald verzückt schwärmerisch, bald gebieterisch stolz anmutend. Die Ablinowski vermochte sie nicht zu ertragen, diese prachtvoll schönen Augen. Trennte das Ereignis den König von seiner Geliebten oder knüpfte es die Banden fester? Die Frage trat trotz ihrer Wichtigkeit ganz in den Hintergrund vor dem verzehrenden, erstickenden Gefühl des Neides, das als übermächtiger Instinkt das Weib mit löblichem Hasse gegen das Weib erfüllte. Sie witterte das göttliche Wunder des Muttergefühles, das aus diesen Augen leuchtete, widerwillig wurde sie zur Ehrfurcht gezwungen, vor diesem sanften, langsam träumerischen Gang; aus ihren Sünden und deren bitteren Nachgeschmack, aus ihrem Leiden und Verblühen wusste sie, dass darin die Gnade des Weibes gelegen ist, die selbst auf die niederste Sünderin einen Schimmer des Erhabenen wirft.

… Ein Kind, ein Kind Lothars, des herrlichen, an der Brust, die Zukunft verklärt von dieses Kindes Liebe, in der Muttertreue das Mittel der Sühne für die Sünden der Jugend … Warum das alles gerade diesem Geschöpfe? Warum ihm die Sünde so gewinnreich gemacht? Warum ihm kein Gift, ihm kein Fluch? …

Kitty lag nicht mehr in träger Odaliskenlaune auf der Ottomane. Aufrecht saß sie gern am Fenster, die Hände im Schoße und vor sich hinträumend. So auch eines Tages, als Afra im Raume weilte.

»Komm zu mir, Afra!«, sagte sie plötzlich, ihr die Hand entgegenstreckend.

»Ich war recht garstig mit dir! Verzeih' mir! Das soll jetzt anders, ganz anders werden. Es stak so tief in mir, das Schlechte, sie haben mich so ganz verdorben! Aber jetzt ist's heraußen. Er hat schon was gemerkt. Heute will ich's ihm sagen. Ich hab' ihn jetzt eigentlich erst recht gern. Aber … so … das kann ich nicht mehr, das darf nicht mehr sein. Er wird mein Kindchen doch lieb haben?«

Ein Strom voll Tränen entquoll jählings ihren Augen. Afra neigte sich mitfühlend zu ihr.

»Mich hat mein Vater nicht lieb gehabt«, murmelte sie mit zuckenden Lippen und trocknete sich die Augen.

»Es wird schön werden!«, sagte sie dann. »Er ist schön, ich bin es auch. Ein Königskind! Wie das klingt! Und das ist's, wenn's auch nicht Prinz oder Prinzessin heißen darf.«

Mit lebhafter Zärtlichkeit drückte sie Afra die Hand und fuhr fort:

»Du hilfst es mir erziehen. Nicht wahr? Die Ablinowski, die behalte ich dann nicht mehr. Gar keine schlechten Menschen, lauter gute will ich um das Kind haben!«

Afra war unzufrieden. Mit diesem immer sichtbarer werdenden Stempel der Schmach gebrandmarkt, von der Verantwortung belastet, dass ihre Sünde einem so unseligen verachteten Geschöpfe, wie einem Jungfernkinde, das Leben gab, musste die Herrin in die bitterste Reue, in die tränenvollste Zerknirschung verfallen. Dann war die göttliche Gnade nahe. Diese Freude aber, die aus ihren Augen leuchtete, als wäre sie eine ehrliche Mutter, bewies nur, dass ihr noch immer alle moralischen Begriffe fehlten, und die weichmütigen Redensarten vom Bravwerden mochten jetzt noch mehr als früher nur Launen, Stimmungen ohne tieferen Wert sein.

Kitty offenbarte sich dem König. Dieser schien unangenehm berührt. Die kühle Zurückhaltung, mit der er ihr Geständnis hinnahm, tat ihr recht weh.

Eines Abends ging sie mit der Ablinowski in die Oper. In dem gewaltigen, in reichem elektrischem Lichte strahlenden Vestibüle mit seinen weißen Statuen, schwarzgrünen Säulen, rötlichen Treppenaufgängen, dunklen Bronzekandelabern und den goldumrahmten Meistergemälden an Wänden und Decke sammelte sich gegen Ende der Vorstellung auf dem zwischen den beiden Logentreppen sich dehnenden Mosaikflur die Livreedienerschaft, die sich mit den Überwürfen und Tüchern der vornehmen Damen auf dem Arme in Reihen aufstellte; in der Ecke rechts und links drängten sich die Dienstmädchen bescheidener Herrschaften zusammen, und dazwischen gingen der Ihrigen harrende Ehegatten und Brüder auf und nieder. Ein Portier mit mächtigem roten Vollbart, den großen Schiffhut auf dem Kopfe und den Stab mit der gekrönten Silberkugel in der Hand, sorgte, dass nicht zu laut geschwatzt wurde und keine Unordnung entstand. Jetzt kamen einzelne befrackte Herren, die sich noch den Überzieher zurechtrückten aus den lautlos sich öffnenden und schließenden Klapptüren. Die Harrenden gerieten in kurze Bewegung. Bald kamen die ersten Damen, kleine, helle Fichus über die Achseln, die seidenen Kleider raffend, in Begleitung ihrer Herren die Marmortreppe hinab. Dichter und dichter wurde die rauschende, knisternde, schlurfende, klappernde Prozession hellbunter, mit schwarzen und weißen Flecken der Herrentoilette durchsetzter Damentoiletten, ein Summen und Surren breitete sich durch den hochgewölbten Raum, unten im Flur entstand ein leichtes Gedränge, von der Straße hörte man die nach den Kutschern rufenden Stimmen, das Rollen der Räder, das Klingen der Pferdehufe, das Zuschlagen der Wagentüren.

Kitty stand, ein hellblaues, mit weißem Pelz garniertes Doppelkrägelchen über den Schultern, in schneeweißem spitzenbesetztem Atlaskleide, neben sich die in malvenfarbene Seide mit dunkelrotem Umhang gekleidete Frau von Ablinowski, oben auf der Höhe der einen Marmortreppe, als unten ein gellender Aufschrei von Frauenstimmen ertönte, dann der Ruf von Männerstimmen: »Arzt! Arzt!«, und ein wirres Gedränge entstand. Daraus wurde vom Portier ein Mensch gezerrt, Schutzleute erschienen, und gestikulierend und schreiend umringten diese ein Haufe von Herren. Zugleich wurde eine Dame aus dem Gewühle nach den Kassenbüros getragen, und neben ihr sah man die schwankende Gestalt einer älteren Dame schreiten. Gleich Kitty blieben auch andere Herrschaften gebannt auf den Stufen stehen, und fragten: »Was ist geschehen?«, und sahen angstvoll hinab auf die mit lautem Lärm sich hin und her bewegende Menge, aus der einzelne Herren und Damen fluchtartig dem Portale zueilten. Das hatte sich in wenigen Minuten abgespielt. Dann, als Kitty und die Ablinowski die Stufen hinabschritten, tönte ihnen bald aus dem Stimmengewirr entgegen: »Die Rita ist gestochen worden!« – »Es ist ja die Comtesse Lanzendorf!«

– »Dem Königsliebchen hat's gegolten!« – »Die arme Comtesse!«
– »S'ist doch die Rita!«

»Gestochen! Mir hat's gegolten!«, stammelte Kitty und totenbleich, an allen Gliedern zitternd, klammerte sie sich krampfhaft
an ihre Begleiterin, die völlig Herr ihrer selbst blieb und ihr zuraun-
te: »Nur Fassung! Wir müssen durch!«

Jetzt wurden sie bemerkt. Ein Surren, Flüstern, etwas wie ein
heftiger Windhauch ging durch die Menge. Die einen machten
Platz, andere drängten lebhaft heran.

»Da ist das Königsliebchen!« – »Welche Ähnlichkeit!«

»Sie hat's gesehen!« – »Ein solcher Zufall!« – »Die arme Comtesse
muss es büßen!« – »Sie kann nichts dafür!« – »Wie bleich sie ist!«
So raunte es ringsum.

»Jetzt ist sie unmöglich geworden!«, hörte sie noch jemanden
sagen, ehe sie das Portal erreichte, das der vorausspringende Diener
hastig öffnete, während der Portier die erregt nachdrängende
Masse mit sanfter Entschiedenheit zurückschob.

»Mein Gott! Mein Gott!«, stöhnte Kitty in die Wagenecke zurück-
sinkend.

»Ein erschütterndes Ereignis!«, sagte die Ablinowski.

»Wenn sie stirbt! Meinetwegen! Ganz unschuldig! Oh, das wäre
ja furchtbar! Das arme, arme Mädchen!«, jammerte Kitty weiter.

»Beruhigen Sie sich, Euer Gnaden!«, mahnte die Ablinowski.
»Das ist ein trauriges Verhängnis, das man beklagen muss, für das
aber nur der Ruchlose verantwortlich ist, der Ihnen nach dem Leben
trachtete. Ihnen ist bei alledem zu gratulieren, denn der Zufall,
dass die Dame ein paar Minuten vor Ihnen dem Mörder vor die
Hände kam, hat Sie gerettet.«

»Umbringen will man mich. Ohne einen Zufall wäre ich jetzt
tot oder sterbend. Oh!«

Kitty schauerte zusammen.

»Mir ist so schlecht! Ich fiebere! Wenn's nur dem Kind nichts schadet!«, sagte sie nach einer Weile. »Das muss es am Ende auch noch büßen!«

Die Ablinowski sprach wieder einige Trostworte. In ihrem Inneren aber tobten allerlei Gedanken. Das Glückskind war auch noch dem Dolche des Mörders entronnen! Wurde es dadurch etwa dem Könige noch teurer oder musste er es vielleicht einer öffentlichen Strömung opfern? Sie hatte jenes Wort: »Jetzt ist sie unmöglich geworben!« gehört. Mit dem Mutterglücke konnte auch noch mancherlei geschehen. Ober wenn jetzt eine Gemütsbewegung in Gang käme, die selbst diese träge Seele ausrüttelte und ein Glück ganz anderer Art, ein Glück, das vielleicht noch mehr zu beneiden war, begründete? Noch mehr zu beneiden? Jetzt nur keine Schlaffheit der Nerven! Der Augenblick konnte gekommen sein, wo es galt, das Ziel der lechzenden Sehnsucht zu erreichen. Da war's albern, sich mit nutzlosen Empfindsamkeiten zu quälen; da hieß es entschlossen sein, was man war. Erhaschten die verwegenen Künste auch nur den Augenblick, in dem ein Mann die Frucht, die vor seine Füße rollend, nicht wegstößt, sondern, ohne viel dabei zu denken, aufhebt und kostet, so war das schon der martervollen Begierde genug, um der Verhassten dafür den Frieden in Afras frommer Obhut zu gönnen.

»Jetzt ist die Zeit gekommen! Jetzt kann Ihr Plan vielleicht gelingen, und ich störe Sie nicht dabei!«, flüsterte sie denn auch dieser zu, als man nach erregten Auseinandersetzungen und unter großem Aufwand von Trostworten die schluchzende, in verzweifelten Ausrufen sich ergehende Gebieterin zu Bett brachte. Während man damit beschäftigt war, fuhr der König vor. Er pflegte das Opernhaus an einer Seitentüre zu verlassen und wusste noch nichts von den Geschehnissen, die ihm vom Haushofmeister am Wagenschlage mitgeteilt wurden. Erregt eilte er die Treppe empor und nahm die weiteren Meldungen der noch in voller Theatertoilette ihn empfangenden Frau von Ablinowski entgegen. Als er darauf den Wunsch äußerte, sich selbst von Kittys Zustand zu überzeugen, hielt sie ihn mit dem untertänigen Bemerken davon ab, dass bei den besonderen Umständen gerade sein Erscheinen die Leidende aufs Heftigste aufregen und zu einer peinlichen Szene führen könnte.

»Ja, ja, Sie mögen recht haben!«, sagte der König mit trüber Nachdenklichkeit. »Ein entsetzlicher Fall! Ganz entsetzlich! Es muss sofort jemand zu Graf Lanzendorf und jemand anderer auf die Polizei. Ich erwarte hier die Berichte. Bitte, besorgen Sie das, liebe Ablinowski.«

Dabei ging er heftigen Schrittes auf und nieder.

Als die Ablinowski nach erteilten Befehlen zu ihm zurückkehrte, sagte er:

»Sie sind eine kluge Frau. Raten Sie, was nun zu tun ist. Das wird ungeheueres Aufsehen machen. Wenn die Comtesse Lanzendorf etwa gar stirbt … die Rita geriete da in eine höchst eigentümliche Situation. Sie muss verreisen, schleunigst. Meinen Sie nicht auch?«

»Es wird wohl das Klügste sein!«, erwiderte die Ablinowski.

»Aber das sieht aus, wie eine Ausweisung, eine Verbannung. So wird sie's selber ansehen. Ich will aber nicht, dass sie dergleichen auch nur argwöhnt. Bei ihrem Zustand wäre so etwas brutal. Nach einiger Zeit, nach ihrer Entbindung etwa, kehrt sie zurück. Mein Wort darauf!«

Frau von Ablinowski sammelte sich und sagte dann nicht ohne einiges Herzklopfen:

»Majestät! Es ist die Möglichkeit nicht ausgeschlossen, dass das gnädige Fräulein selber wünscht, von einer solchen Reise nicht wiederzukehren.«

»Wie kommen Sie dazu?«, rief der König heftig.

»Hat sie derartiges geäußert?«

»Das wohl nicht, aber ein solches Ereignis geht doch nicht spurlos vorüber ...«

»Sie meinen also ...«

Der König schwieg und sah die Ablinowski fragend an.

»Das gnädige Fräulein hat eine sehr fromme Kammerjungfer, eine gewisse Afra Schlosser ...«

»Wie kommt denn die hierher?«

»Frau Bachmann brachte sie in die Stellung.«

»Nun und ...«

»Ich habe Grund zu glauben, dass diese Person gerade jetzt Einfluss auf das erregte Gemüt gewinnen wird. Der Sturz des Ehepaares Bachmann, die Mutterhoffnungen, jetzt dieses Ereignis – die Dinge treffen zuweilen im Leben so zusammen, dass es dem Glauben an überirdische Einflüsse leicht wird, in einer solchen zufälligen Aufeinanderfolge von Ereignissen einen inneren Zusammenhang zu finden und von Vorsehung, von Fingerzeigen Gottes zu sprechen.«

Der König ging einen Augenblick schweigend auf und nieder. Dann setzte er sich und winkte der Ablinowski ein Gleiches zu tun.

»Und sie meinen, Fräulein Rita sei solchen Dingen zugänglich?«, fragte er.

»Gerade sie.«

»Warum das? Ich habe nie etwas von abergläubischen Neigungen an ihr bemerkt. Hat sie die? Das würde sich doch wieder beruhigen, so etwas wirkt nicht nachhaltig.«

»Majestät sprechen von Aberglauben. Es handelt sich hier um Glauben, um religiöse Eindrücke.«

»Bitte, erklären Sie sich näher. Das sind mir ganz wunderliche Dinge, was ich da höre.«

»Das gnädige Fräulein hat wohl niemals einen Gedanken der Empörung gegen religiöse Begriffe, einen gotteslästerlichen Einfall

gehabt. Ihre Sünde beruht nicht auf perverser Überzeugung, sondern
… nun ja, es ist die einfachste Sache von der Welt. Sie glaubt im
Grunde noch an den lieben Gott, versteckt sich nur vor ihm und
täuscht sich dann selber vor, er sei nicht da, um ungestört weiter
sündigen zu können. So machen es wohl die meisten Sünderinnen.
Im richtigen Moment aber, wenn das Gemüt beunruhigt ist, sind
sie zitternde Schäfchen, die sich in ein Gesträuch verwickelt haben
und leicht für die Hürde eingefangen werden.«

»Das ist auch gut so«, setzte sie, eines der kleinen Füßchen etwas
weiter unter dem Rocke hervorstreckend, bei. »Wer in den Lebens-
ängsten nicht mehr die Vorsehung sieht, ist gepeinigt genug. Nur
arglose Menschen, die nichts erleben, können ohne Gott zufrieden
sein. Die anderen leiden schwer an dem Mangel, sie sind auf Erden
schon verdammt.«

»Lassen Sie ihr die Freiheit!«, sagte sie dann, die Hände faltend,
mit wunderschönem Ausdruck in den flehenden Augen und neigte
dabei den Oberkörper so weit vor, das; die pikante Täuschung einer
geschickten Dekolletage zu vorteilhafter Wirkung kam.

»Da möchte man ja glauben, es handle sich um ein Komplott,
das die Ereignisse zur Reife gebracht haben, die Kammerjungfer,
von der Sie eben sprachen, arbeite unter Ihrer Leitung und Sie
selbst hätten die entsprechende Rolle mir gegenüber übernommen.
Nur sind Sie mir nicht recht glaubhaft in der Maske der Sittenpredigerin!«

Der König begleitete seine unmutig spottenden Worte mit einer
leichten Handbewegung, die auf die Dekolletage hinzuweisen schien.
Die Ablinowski entgegnete, sich zurücklehnend in einem kampflu-
stigen Konversationston:

»Majestät haben recht. Ich tauge nicht zur Sittenpredigerin. Ich
bin nichts weiter als eine Frau, die viel gesündigt hat, eine jener
Verdammten, die keinen Gott finden können. Um ein Komplott
handelt es sich nicht, nur um die Eingebung des Augenblickes, die

160

Euer Majestät eigener Gedanke von der Abreise des gnädigen Fräuleins hervorrief. Ich sehe aber, dass das arme Geschöpf aus diesen Erschütterungen zum Frieden kommen kann, den wir uns alle wünschen.«

»Ein armes Geschöpf! Sie drücken sich etwas seltsam aus, meine liebe Ablinowski!«

»Jeder Mensch ist arm, Majestät, der die Sünde, aber nicht die Liebe kennengelernt hat!«, entgegnete sie trotzend.

Der König sah sie verwundert an.

»Sie kokettieren!«, sagte er dann langsam und fasste ihren Arm über dem Handgelenk.

Sie verneigte sich tief und streifte mit halb unter den Lidern versteckten Augen seinen forschenden Blick, während sie sagte!

»Das würde sich nicht Eurer Majestät gegenüber und nicht in diesem Augenblick geziemen.«

Er gab langsam, mit einer unmerklich streichelnden Bewegung ihren Arm frei. Nach einer kleinen Pause sagte er:

»Sie werden doch die Rita auf der unvermeidlichen Reise begleiten? Und welches Ziel schlagen Sie etwa vor?«

»Ich bedaure, Majestät«, lautete die Antwort, »dass ich diese Begleitung ablehnen muss.«

»Warum das?«

»Ich will Siebenburgen nicht verlassen und wäre auch neben Afra Schlosser eher unbequem als beliebt.«

»Aber wer spricht von dieser Person? Die kann doch ersetzt werden, und ich wünsche es sogar.«

»Damit tun Sie dem gnädigen Fräulein sehr weh, Majestät!«
Der König stampfte leise auf.

»Da wären wir wieder am alten Fleck«, sagte er ungeduldig.

»Sie spielen mit mir, Frau von Ablinowski! Das ist alles nicht aufrichtig … Ich will zur Rita, will sie selber sprechen!«

»Erlauben Majestät nur, dass ich Sie anmelde. Das ist dringend nötig!«, sagte die Ablinowski und stand auf, gesenkten Blickes, wie beleidigt.

»Bleiben Sie!«, befahl er rau und fasste sie an der Hand, um sie auf ihren Sitz zurückzudrängen. Er fühlte, dass die zarten Fingerchen sich gegen den kräftigen Druck sträubten und sah über den kleinen Körper eine zuckende Bewegung schleichen.

Er hielt sie fest und blickte zu ihr auf, ein ganz leises Lächeln lag auf seinen Lippen, dann ließ er sie plötzlich los und sagte:

»Wenn Sie denn nicht reisen wollen, dann werde ich doch auf Ihre Mithilfe in verschiedenen Anordnungen rechnen können?«

»Ich stehe Majestät zu Diensten!«, lautete die Antwort.

Der König fragte sie nun nach dem besten Aufenthaltsort für Kitty, und sie entwickelte, verschiedene Orte nennend, und deren besondere Verhältnisse schildernd, eine aufgeregte Beredsamkeit. Da kehrte der Haushofmeister von seiner Sendung zu Graf Lanzendorf zurück. Die Comtesse war noch lebend nach Hause gebracht worden, aber die Ärzte erwarteten den unvermeidlichen Tod im Laufe der Nacht. Der Haushofmeister erzählte weiter, in seinen verzweifelten Schmerzensausbrüchen habe der Hofmarschall vor anwesenden Personen der Dienerschaft sich als den Vater des gnädigen Fräuleins bekannt.

Die Ablinowski stieß einen Schrei der Überraschung aus, und der König rief entsetzt:

»Kitty Lanzendorfs Tochter! Das ist furchtbar!«

In einen Fauteuil sich werfend, sprach er vor sich hin:

»Und er hat's gewusst! Menschen, Menschen!«

Nach einer langen Weile finsteren Brütens fuhr er plötzlich auf und sagte zur Ablinowski in scharf befehlendem Ton:

»Das darf ihr nicht gesagt werden! Nie!«

Die Ablinowski verneigte sich.

Gleich darauf erschien in Begleitung eines Polizeirates der zweite an die Polizeibehörde geschickte Sendbote. Die Mienen des Beamten beobachtend, gab der König der Ablinowski ein Zeichen, sich zu entfernen, und jener berichtete nun, seine Hierherkunft durch besonderen Befehl des Polizeipräsidenten rechtfertigend, dass der Attentäter, über die Verwechselung aufgeklärt, sich im Zustande tiefster Reue befinde. Er sei ein dreißig Jahre alter Tapezierer und stamme aus eben jener Stadt, in der die Angelegenheit des wegen Majestätsbeleidigung verfolgten Abgeordneten spiele. Erst seit drei Tagen in der Hauptstadt, habe er das gnädige Fräulein auf zwei Ausfahrten beobachtet und dann die günstigste Gelegenheit, sein Vorhaben auszuführen, den Schluss der Theatervorstellung, erspäht. Er bezeichnete sich als loyalen Monarchisten und habe eben darum das Land von dem Weibe befreien wollen, das einen edlen Fürsten in seine Bande verstricke.

Der König entließ den Beamten und sagte zur wiedereintretenden Ablinowski:

»Sie glauben also wirklich, dass das schauervolle Geschehnis für unsere Kitty zum Segen gereichen könnte?«

»Zumal, wenn Majestät das eben ausgesprochene Verbot aufheben und man ihr die ganze Wahrheit sagen darf!«

»Nein, nein! Bedenken Sie ihren Zustand!«

»Für den ist die Gefahr ohnehin schon da! Aber mit je stärkeren Farben die fromme Afra ihr den Fluch der Sünde ausmalen kann, desto sicherer ist die Wirkung auf ihr Gemüt. Wo wir Gottlosen nur ein Spiel der zwecklosen Grausamkeit des Lebens sehen, da malt der fromme Eifer dem einfältigen Gemüt das Bild der rächenden Gottheit vor, und die Furcht ist die teufelaustreibende Zauberin.«

Der König sann einen Augenblick, dann sagte er dumpf:

»So mag's sein! Ich werde bei dieser frommen Prozedur freilich eine wenig schmeichelhafte Rolle spielen.«

Dann fuhr er lebhaften Tones fort:

»Ihre Rückkehr ist unmöglich. Findet sie auf diesem Wege noch ein Lebensglück, ich muss es zufrieden sein, denn ich war's, der andere Wege dazu ihr verschüttet hat. Und, wie böse auch mein Andenken bei ihr sein mag, ich will doch tun, was ich tun kann. Liebe Ablinowski, Hofsekretär Dannenberg wird mit Ihnen alles Nötige verhandeln. Wenn sie abgereist ist, berichten Sie mir mündlich. Sie sollen jederzeit ohne Weiteres bei mir vorgelassen werden … Sagen Sie ihr mein Lebewohl!«

Er war bewegt, als er ihr kräftig die Hand schüttelte.

»Ich fahre«, sagte er dann zu dem herbeigeklingelten Haushofmeister und, der tief sich verneigenden Ablinowski noch einmal mit einem »Gute Nacht!« ernst zunickend, folgte er dem voranschreitenden Bediensteten.

Im meergrünseidenen Nachtgewande saß Kitty in ihrem Prachtbette, weinend, händeringend, Entsetzensrufe ausstoßend, und vor ihr stand Afra, flammenden Auges, mit erhitzten Wangen ihr den Zusammenhang der Geschehnisse erklärend, wie Frau Kerns Selbstmord mahnend und doch ungehört zu ihrem Gewissen geredet habe, wie dann Gottes Hand im Sturz der Bachmann, der regsamen Helferin des bösen Feindes, sich ihr gnädig erwiesen und wie er nun mit furchtbarster Drohung an sie trete.

»Du bist die Hauptschuldige an diesem ruchlosen Morde, wenn das arme Fräulein stirbt. Ihr unschuldiges Blut kommt über dich, und über dich kommt das Blut des Mörders, der hingerichtet wird, weil er deinetwegen zum Mörder geworden ist. Drei Menschenleben kostet vielleicht deine Sünde! Und der Jammer der Familie dieses Fräuleins, das das Unglück hatte, dir ähnlich zu sehen, der Jammer der Familie des Mörders! Sie bittet vielleicht als Engel für dich vor Gottes Thron, ihr reines Blut, so hat's der Herr vielleicht gewollt, soll dich erlösen aus den Banden der Sünde, es wiegt vielleicht schwer genug auf der Wage der Gerechtigkeit gegen Frau Kerns

Anklage, die du verdorben hast durch dein Beispiel und in die Hölle getrieben! Wenn du jetzt nicht in dich gehst, wenn du jetzt ihn nicht wegwirfst, den schändlichen Glanz deines Sündenlohnes, dann bist du das ruchloseste Geschöpf auf Gottes Erde, die Schmach des weiblichen Geschlechtes, ein fluchwürdiges Untier!«

So sprach unheimlich, halblaut flüsternd, Afra in immer neuen Wendungen, selbst erschauernd vor den Bildern, die der fromme Eifer in ihr erzeugte und doch unbarmherzig gegen die Angstlaute, die Kitty ausstieß, gegen den Schweiß, der ihr blondes Lockengeringel feuchtete und aus ihm auf die Stinte floss.

Die Stunde war gekommen! Die niedere Magd fühlte sich als Gottes Botin, sie durfte ihr Sühnopfer bringen!

»Schone mein Kind! Mein Kind!«, rief endlich Kitty, die nur mehr Frau Kerns bleiches Gespenst, eine bluttriefende Mädchengestalt und einen Menschen mit abgeschlagenem Kopfe sah.

Da trat die Ablinowski raschen Schrittes ein und warf mit schonungsloser Hast hin:

»Die Komtesse Lanzendorf liegt im Sterben!«

Kitty stieß einen gellenden Aufschrei aus und bedeckte schaudernd das Gesicht mit den Händen.

»Sie müssen sich noch auf mehr gefasst machen!«, fuhr jene nach einer kleinen Pause fort. »Die Ähnlichkeit mit Ihnen, die ihr zum Verhängnis wurde und Sie rettete, beruht nicht auf einem merkwürdigen Zufall. Der Hofmarschall selber hat erklärt, Sie seien seine Tochter.«

»Mein Vater! Hier! Hier!«, kreischte Kitty und bäumte sich auf, als wollte sie aus dem Bette springen. Dann umklammerte sie Afras Hals und unter wildem Schluchzen stammelte sie:

»Hast du's gehört? Einen Vater habe ich hier, und er hat zugesehen, zu allem zugesehen und mich, mich hat niemand lieb gehabt, mich haben sie schlecht gemacht! Afra, Afra! Ich will fort von hier, wohin du willst! Nur fort, nur fort! Hier will ich nicht mehr bleiben! Hier ist die Hölle!«

»Gott straft ihn schwer!«, sagte Afra.

»Ja, ja! Du hast recht! Das ist die Strafe Gottes! Aber das arme Schwesterchen! So jung sterben müssen! Und am Ende leidet es noch viele Schmerzen? Wenn ich so ein Schwesterchen hätte lieb haben dürfen! Sie war gewiss recht brav und kommt in den Himmel!«

Dann lehnte sie sich an Afras Brust und weinte heiße Tränen, dazwischen sagend:

»Es tut mir so leid, dass sie sterben muss!«

»Afra, Afra!«, rief sie nach einer Weile. »Mir ist so Angst! Wenn mich der liebe Gott an meinem Kindchen strafte! Ich will ja so gern brav werden, ich will alles tun, wenn nur meinem Kindchen nichts geschieht! Afra! Komm! Bete mit mir, dass er dem Kindchen nichts tut!«

»Ah, Frau von Ablinowski, Sie sind noch hier!«, sagte sie dann. »Das ist alles schrecklich, nicht wahr? So etwas haben Sie doch noch nicht erlebt. Da lernt man an den lieben Gott glauben. Aber Sie brauchen auch Ruhe. Ich habe noch viel mit Ihnen zu reden, aber nicht jetzt, morgen. Lassen Sie mich mit Afra allein. Ich muss beten, viel beten! Gute Nacht! Hoffentlich hat Ihnen all der Schrecken nichts geschadet!«

Zwei Tage später fuhr Frau von Ablinowski auf das »hohe Schloss«. Es war ihr gar nicht wohl zumut, als ihr, nachdem sie erst lange in einem kostbaren Gemach geharrt, eine Tür sich öffnete und in reicher Uniform der Flügeladjutant vom Dienst herantrat, sich leicht verneigte und halblaut mit einer kleinen Handbewegung sagte:

»Majestät erwarten Sie im Arbeitskabinett. Durch diesen Salon, wenn ich bitten darf!«

Sie hörte, wie sich hinter ihr die Türe schloss, durchmaß einen ihr endlos scheinenden Raum auf spiegelglattem Parkett und stand vor einer weitgeöffneten Flügeltür. Da sah sie in teppichbelegtem, mit zahllosen Gegenständen ihr vor den Augen flimmernden Raume den König von einem Lehnstuhle aufstehen und die Zigarre weglegen. Zugleich hörte sie:

»Liebe Frau von Ablinowski, seien Sie bestens begrüßt!«

Sie wusste nicht, wie sie so nahe an den König gekommen war, dass er ihr die Hand drücken konnte.

»Nun erzählen Sie! Wie hat's gegangen?«, sagte er leisen, trüben Tones.

Sie fasste sich und sprach:

»Das gnädige Fräulein ist heute Morgen nach München abgereist, wo sie einstweilen zu verbleiben gedenkt. Außer der Kammerjungfer Afra Schlosser hat sie Willy, der Leibmohr, begleitet, der inständigst um diese Gunst gebeten hatte.«

»Erzählen Sie näher, genauer!«, sagte der König in erregtem Tone.

»Sie trat am Morgen nach der Unglücksnacht zuerst an mich heran mit der Frage, ob sie an Majestät schreiben solle oder ob ich es übernehme, Euer Majestät zu sagen, dass sie … dass sie bitte …«

»Ich verstehe, verstehe! Sprechen Sie weiter!«

»Als ich ihr dann mitteilte, wie die Verhältnisse lägen, schien sie dessen sehr zufrieden zu sein. Sie kümmerte sich nicht weiter um die praktischen Dinge, bei deren Behandlung die Schlosser mich sehr klug unterstützte, sondern verließ fast gar nicht ihr Boudoir, sah sehr verweint aus, wenn sie einmal zum Vorschein kam, und hatte die Schlosser viel um sich. Ich wurde mit kühler Höflichkeit behandelt. Beim Abschied schluchzte sie sehr heftig und drückte mir auf meinen Wunsch ferneren Glückes nur mit einem schmerzlichen Blicke die Hand. Hochaufgerichtet, eigentlich schön und gewissermaßen an einen Erzengel Michael erinnernd, ging Afra Schlosser neben ihr. Ich hatte dafür gesorgt, dass sie beim Fortgehen außer dem Portier niemanden von der Dienerschaft sah. Eine Mietskutsche war auf ihren Wunsch bestellt worden. Die kostbarsten Toiletten und fast die ganze Lingerie hat sie ihrer Kammerfrau und der zweiten Kammerjungfer geschenkt.«

Die Ablinowski schwieg.

»Das ist alles?«, sagte der König nach einer Weile in zögerndem Ton.

Die Ablinowski verstand und sagte:

»Von München aus wird sie an Majestät ein Abschiedsschreiben richten. Bei ihrem jetzigen Zustand ...«

»Träfe sie die rechte Form nicht! Ganz recht, ganz recht!«, sagte der König mit bitterem Lächeln. Dann fuhr er fort:

»Und diese Afra Schlosser ... eine ganz seltsame Person, wie es scheint ... wird ihr Einfluss von Dauer sein?«

»Ich glaube es wohl. Sie ist selbst eine Gefallene, die sich wieder aufgerichtet hat. Das ist eine besondere Gattung unseres Geschlechtes. Vor allem aber haben die religiösen Einwirkungen eine mächtige Bundesgenossin in der Natur selbst, in der Mutterliebe, gefunden. Um das Kind bangt dem gnädigen Fräulein, für dieses fürchtet sie das weiterwirkende Verhängnis einer göttlichen Strafe. Wo die Religion mit solchen tiefsten Gemütserregungen die Menschenseele verschmilzt, da wird sie allmächtig, unüberwindlich!«

»Das weiße Tierchen hat Flügel bekommen!«, murmelte der König.

Dann sagte er in elegantem Konversationston:

»Sie werden wohl noch manches mit Dannenberg zu beraten und zu reden haben. Ich bitte Sie, sich dem noch zu unterziehen. Die Form meines königlichen Dankes lassen Sie mich erst noch überlegen.«

Er reichte ihr die Hand, die sie mit tiefer Verneigung annahm. Wieder bemerkte er eine zuckende Unruhe ihres kleinen, schmächtigen Körpers, und sein prüfend auf sie gerichtetes dunkles Feuerauge traf auf einen kurzen, scheuen Blick ihrer feuchtglänzenden, ebenso dunklen Sterne. Er hob ihr kleines Händchen gegen seine Lippen und sprach:

»Sie sind ein kluges kleines Frauchen, liebe Ablinowski! Ich glaube, man könnte noch allerlei von Ihnen lernen!«

Frau von Ablinowski zitterte am ganzen Leibe und sah zu dem schönen König mit der flehenden Angst eines jungen Mädchens auf.

»Was war es doch für ein Wort, das Sie an dem unglücklichen Abend sprachen?«, sagte er nachdenkend. »Ein Wort, das mir vorschwebt und dessen ich mich nicht mehr genau entsinnen kann.«

Die Ablinowski sann; alle Nerven, ihre ganze Lebenskraft sammelte sie, als sie erwiderte:

»Jeder Mensch ist arm, der die Sünde, aber nicht die Liebe kennengelernt hat! So habe ich gesagt.«

»Ja, ja! Das haben Sie wohl gesagt. Das meine ich aber nicht!«, entgegnete der König. Nach einer kleinen Weile fuhr er fort:

»Übrigens ist das Aperçu gar nicht übel. Es klingt wenigstens. Ach! Jetzt fällt mir's ein. Von Verdammtsein auf Erden war es etwas, was Sie sagten.«

»Uns auf Erden Verdammten gibt allein noch die Liebe, was das Leben erträglich macht.«

»Das haben Sie nicht gesagt! Aber jetzt sagen Sie das mit einem Überzeugungspathos –«

Er hielt im Sprechen inne und sah sie einen Augenblick durchdringend an. Dann riss er mit einem starken Griff das kleine Persönchen an sich, das bebend »Majestät!«, stammelte.

»Sie haben so schöne Sprüche!«, flüsterte er ihr begehrlich zu. »Die möcht' ich mir näher erklären lassen. Kommen Sie!«

Und er schleifte sie, wie eine Beute, in ein anstoßendes, mit Weidmanns- und Sportabzeichen ausgestattetes Kabinett. Sie stolperte über den haarbuschigen, kurzgehörnten Kopf eines Büffelfelles, das vor der Ottomane lag, und er fing sie so auf, dass sie ihm auf den Schoß zu sitzen kam. Jetzt riss sie das Kapothütchen vom Haar, warf es auf den Boden und schlang die Arme um seinen Hals.

»Du großer Mann! Ich will dich lieben, wie du noch nie geliebt worden bist … Was kümmert mich deine Krone? Ich will deine Herrlichkeiten nicht, nur dich, dich! … Du bist verdammt wie ich, Lothar, aber meine Liebe soll dich's vergessen machen! … Lothar, Liebling, Gott! Ich habe mich so gesehnt nach dir! … Das gibt Flügel, das löscht den Durst, das erlöst!« –

So klangen zwischen seinen Küssen, die sie heiß erwiderte, und seinen tändelnden Fragen ihre Liebesworte an das Ohr des verwunderten, von ihrer innigen Zärtlichkeit fortgerissenen Königs.

König Lothar hatte an Kitty auf die Nachricht von der glücklichen Geburt eines Knaben ein sehr ernstes Handschreiben geschickt, in dem er es als eine seiner heiligsten Pflichten bezeichnete, über dieses Kind seine schützende Vaterhand zu halten. Vier Wochen später – Kitty war zu ihrer Erholung von München an den Starnbergersee gegangen – erschien der Hofsekretär Dannenberg. Er besprach insbesondere mit Afra Schlosser die Verhältnisse des kleinen Königssohnes, der eine Million als Wiegengeschenk erhalten hatte, und seiner Mutter, der schon bald nach ihrer Abreise von Siebenburgen ihr Palais um die gleiche Summe abgekauft worden war.

»Sie sind eine kluge Dame«, sagte er gelegentlich dieser Unterredungen zu Afra, »und ich habe das feste Vertrauen, dass Sie die Interessen von Mutter und Kind bestens vertreten werden. Wie aber, wenn Sie einmal heiraten?«

»Das wird nie geschehen!«, antwortete sie kurz.

»Aber …«

»Ich bin unserem Kleinen viel schuldig. Er hat mich Gott besser erkennen lassen und das göttliche Geheimnis der Liebe. Es wird zwei Mütter haben.«

»Eine andere Frage habe ich noch, eine sehr peinliche«, sagte Dannenberg weiter.

»Mein früherer Chef, Graf Lanzendorf, der jetzt auf seinen Gütern lebt, sprach mich kürzlich insgeheim. Er ist ein gebrochener Mann, seine Gattin ihm entfremdet, sein ganzes Dasein zerstört. Er wusste, dass ich die Beziehungen zum gnädigen Fräulein führe und fragte mich, ob ich's zustande brächte, dass er Vergebung und vielleicht sogar eine persönliche Fühlung erlangen könnte. Würden Sie das für möglich halten?«

»Sagen Sie es dem gnädigen Fräulein«, entgegnete Afra. »Es werden damit zwar viele Schreckensbilder lebendig, die kaum vom jungen Mutterglück verwischt sind; aber das ist kein Übel, sondern eine heilsame Mahnung, dass die Vergangenheit nicht kurzweg ausgelöscht ist, eine ernste Probe.«

Als nun Dannenberg Kitty die Sache vortrug, erblasste sie, ein Schauer ging durch ihren Körper, und sie fand nicht gleich Worte. Dann sagte sie leise: »Das wird eine schwere Stunde für beide Teile werden, aber ich bin bereit dazu.«

Dannenberg wurde zu Tisch geladen, wo Kitty sich sehr schweigsam und nachdenklich verhielt.

Nach dem Essen wandelte er, eine Zigarre rauchend, mit Afra in dem eleganten Garten, der die von Kitty gemietete Villa umgab und einen herrlichen Ausblick auf See und Gebirge gewährte, auf und nieder und erzählte dabei das Neueste aus Siebenburgen, was er vor Kitty nicht hatte erwähnen wollen. Der König hätte mit Frau von Ablinowski ganz im Stillen, nur der engsten höfischen Umgebung bekannte Beziehungen unterhalten, in denen er sich sehr zufrieden zu finden schien, bis eines Tages ein nur andeutungsweise aufgeklärter Vorgang ihnen ein jähes Ende bereitete. Die Ablinowski, die ihre nähere Umgebung schon seit einiger Zeit beunruhigt hatte, sah eines Tages den bei ihr weilenden König für den Erlöser an. Die damit verbundene Szene musste schauerlich gewesen sein, denn der König selbst war mehrere Tage hindurch ganz tiefsinnig, und mit der erschütternden Wirkung dieses Ereignisses brachte man die aus triftigen Gründen beruhenden Gerüchte von einer Aussöhnung des königlichen Ehepaares in Zusammenhang.

Afra sah auf die weite Landschaft hinaus, und unter dem glatt anliegenden grauen Kleide dehnte und hob sich ihr Busen in einem tiefen Atemzuge. Dannenberg aber schloss seine Neuigkeiten mit den Worten:

»Herr Bachmann ist großer Bauspekulant, sitzt im Verwaltungsrat der Baubank für den südwestlichen Stadtteil und im Ringbahnkonsortium und erwartet, wie ich vor einigen Tagen erst hörte, nach langer kinderloser Ehe demnächst Vaterfreuden!«